情境會話 × 萬用句型 × 生活單字

山田社
San Tian She

遊學、留學生活日語
去日本跟日本人學日語
◎1MP3◎ inside

吉松由美、大山和佳子 合著

U0080332

打工度假近來正夯，
到國外去蹓躂一下，
可說是大家躍躍欲試的夯選項喔！

　　最近是否常聽到這樣的話題：「我女兒想到日本遊學 1 年」、「我暑假打算到波士頓遊學 3 個月」、「我妹妹想到澳洲打工 6 個月」。

　　的確，很多人都嚮往到日本遊學，一邊工作、一邊旅行。一邊在全日文的環境下工作，每天用每天聽，日文進步絕對很大。另外，一邊看遍日本美景，感受當地的人文生活，各式各樣嶄新的體驗讓人獲益良多。

　　出國不再遙不可及，本書專為嚮往出國遊學或留學生活的您，量身打造您的遊學 · 留學夢，內容有：

♥ 到日本打工如何面試

♥ 怎麼找到好房子

♥ 如何投健康保險

♥ 怎麼跟鄰居打招呼

♥ 食衣住行輕鬆開口說

♥ 日本人都在用的談天、交友好用句

♥ 從到日本旅行，就開始喜歡日語…等。

　　有了好的日語基礎，再透過遊學 · 留學的洗禮，不需要名校的光環，就可以幫助您拿到出色的日語證書了。

《遊學‧留學生活日語》不論打工遊學、短長期遊學、交換學生、背包客、一般旅遊都適用。跟著我們學好日語，幫你創造非典型的日本生活體驗！

　　還沒有日語基礎的朋友不用擔心，在日本獨立生活不是問題！

　　本書有 23 個實用生活主題，86 則讓你身歷其境的對話場景，以 1 日為單位，一天一練習，到日本不怕溝通障礙，讓你一個月就搞定在日本生活的第一年！

本書特色：

♥「實用句型」×「生活單字」日語能力 1 加 1 大於 2

　　86 則實用對話都幫你整理出「萬用句型」、「替換單字」，每個句型只要靈活替換生活單字，句子應用就加倍加倍再加倍！想要自我介紹、表達想法都不是問題，不僅讓你和鄰居打好關係、跟同學打成一片，更讓你馬上交到好朋友。

♥ 各種主題場景再精挑細選「好用句子」，想說什麼都有！讓你到日本挖到寶、吃盡美食、玩片各大景點，滿意度百分百！

♥ 怎麼租到一個適合自己的房子？怎麼花錢最省錢？怎麼坐車快又有效率？哪裡有便宜哪裡好買？在日本當個生活智慧王，隨時補充生活小知識，不讓你不陷入尷尬窘境，好康通通都知道！

好用句子

請借我過。
通してください。
tooshite kudasai

我想換座位
席を替えてほしいです。
seki o kaete hoshii desu

可以將椅背倒下嗎？
席を倒してもいいですか。
seki o taoshitemo ii desuka

幾點到達？
到着は何時ですか。
toochaku wa nanji desuka

有中文報嗎？
中国語の新聞はありますか。
chuugokugo no shinbun wa arimasuka

可以給我果汁嗎？
ジュースをもらえますか。
juusu o moraemasuka

麻煩幫我掛外套。
コートをお願いします。
kooto o onegai shimasu.

吃素或對食物過敏的人怎麼辦？
如果有飲食偏好，可以在飛機起飛前 48 小時，告知航空公司喔！

● 小知識

不能帶上飛機的東西，但可以放進托運行李中

原則上只要有可能轉變為攻擊性武器的物品，都是被禁止的喔！1.化妝水、乳液、洗髮精、牙膏等液體、膠狀、噴霧等物品，必須裝在 100ml 容器內，總共加起來不能超過 1000ml；2.水；3.水果、蛋糕、麵包、泡麵…等肉製品、生鮮蔬果；4.行動電源、鋰電池；5.吃飯用刀、叉；6.液體藥水；7.相機腳架；8.自拍神器；9.雨傘；10.鉛筆盒；11.羽毛球拍。

生活小知識

4

Contents
目錄

Chapter 01
寒暄一下

Chapter 02
我要出國囉

Chapter 03
住舒適的飯店

Chapter 04
吃好吃的去囉

Chapter 05
交通

Chapter 06
台場怎麼去

Chapter 07
有沒有便宜點的房子

Chapter 08
你好啊

Chapter 09
太貴了啦

Chapter 10
好好瞎拼一番

Chapter 11
我要辦外國人登錄證明書

Chapter 12
我下午要打工

Chapter 13
爸爸匯錢來了

Chapter 14
糟糕！怎麼辦！

Chapter 15
生病了

Chapter 16
喂！媽，我在日本很好啦！

Chapter 17
觀光

Chapter 18
澡堂好舒服喔

Chapter 19
我要燙像這樣

Chapter 22
你家好漂亮喔

Chapter 20
寄張明信片給家人

Chapter 23
日本文化

Chapter 21
我要借這本書

1 你好

早安。
おはようございます。
ohayoo gozaimasu

你好。（白天）
こんにちは。
konnichiwa

你好。（晚上）
こんばんは。
konbanwa

晚安。（睡前）
おやすみなさい。
oyasuminasai

你好。
どうも。
doomo

2 再見

再見。
さようなら。
sayoonara

再見。
失礼します。
shitsuree shimasu

再見。
それでは。
soredewa

再見。
バイバイ。
baibai

再見。
じゃあね。
jaane

3 回答

是。
はい。
hai

對，沒錯。
はい、そうです。
hai, soo desu

知道了。
わかりました。
wakarimashita

知道了。
かしこまりました。
kashikomarimashita

知道了。
承知しました。
shoochi shimashita

4 謝謝

謝謝您了。
ありがとうございました。
arigatoo gozaimashita

謝謝。
どうも。
doomo

不好意思。
すみません。
sumimasen

您真親切，謝謝。
ご親切にどうもありがとう。
go shinsetsu ni doomo arigatoo

謝謝照顧。
お世話になりました。
osewa ni narimashita

5 不客氣啦

不會。
いいえ。
iie

不客氣。
どういたしまして。
doo itashimashite

不要緊。
大丈夫ですよ。
daijoobu desuyo

我才要道謝。
こちらこそ。
kochira koso

不要在意。
気にしないで。
ki ni shinaide

哪裡，別放在心上。
いいえ、かまいません。
iie, kamaimasen

6 真對不起

對不起。
すみません。
sumimasen

失禮了。
失礼しました。
shitsuree shimashita

對不起。
ごめんなさい。
gomen nasai

抱歉。
申し訳ありません。
mooshiwake arimasen

麻煩您很多。
ご迷惑をおかけしました。
go meewaku o okakeshimashita

真對不起。
大変失礼しました。
taihen shitsuree shimashita

7 借問一下　07

不好意思。

すみません。
sumimasen

可以耽誤一下嗎？

ちょっといいですか。
chotto ii desuka

打擾一下。

ちょっとすみません。
chotto sumimasen

請問一下。

ちょっとうかがいますが。
chotto ukagaimasuga

有關旅行的事。

旅行<ruby>りょこう</ruby>のことですが……。
ryokoo no koto desuga

請問…。

あのう……。
anoo...

8 現在幾點了　08

現在幾點？

今<ruby>いま</ruby>は何時<ruby>なんじ</ruby>ですか。
ima wa nanji desuka

這是什麼？

これは何<ruby>なん</ruby>ですか。
kore wa nan desuka

這裡是哪裡？

ここはどこですか。
koko wa doko desuka

那是怎麼樣的書？

それはどんな本<ruby>ほん</ruby>ですか。
sore wa donna hon desuka

河川名叫什麼？

なんていう川<ruby>かわ</ruby>ですか。
nante iu kawa desuka

Note 01

すみません。H列はどこですか。
エイチ れつ

請問，H排在哪裡？

請問，H排在哪裡？

A: すみません。H列はどこですか。
エイチれつ

sumimasen. eichi retsu wa doko desuka.

H排再另一側的走道。

B: H列は向こうの通路です。
エイチれつ　　む　　　　　　つうろ

eichi retsu wa mukoo no tsuuro desu.

日本生活小知識

出發要到日本啦！太開心了。但出門在外，最重要的就是安全囉！要知道登機時托運的行李，20公斤以內是免費的。還有手提行李中，不可以有水果刀、打火機。當然登機前要事先關掉行動電話跟電子產品的電源喔！

生活單字

名詞 ＋はどこですか。
wa doko desuka

● ＿＿＿＿在哪裡？

我的座位 （わたし せき） **私の席** watashi no seki	商務客艙 **ビジネスクラス** bijinesu kurasu	洗手間 **トイレ** toire	雑誌 （ざっ し） **雑誌** zasshi
緊急出口 （ひ じょうぐち） **非常口** hijoo guchi	機場 （くうこう） **空港** kuukoo	耳機 **イヤホ（ー）ン** yaho (o) n	

Sentence 例句

您要靠窗邊的，還是通道的座位呢？
（まどがわ）（つうろ がわ）
窓側と通路側、どちらがよろしいですか。
madogawa to tsuurogawa, dochira ga yoroshiidesuka.

行李的收據我貼在這裡。
（に もつ）（ひか）（は）
お荷物の控えはこちらに貼っておきます。
o nimotsu no hikae wa kochira ni hatte okimasu.

請勿使用手機。
（けいたいでんわ）（しよう）（ひか）
携帯電話のご使用はお控えください。
keetaidenwa no go shiyoo wa ohikae kudasai.

行李放不進去。
（に もつ）（はい）
荷物が入りません。
nimotsu ga hairimasen

請借我過。
通してください。
tooshite kudasai

我想換座位。
席を替えてほしいです。
seki o kaete hoshii desu

可以將椅背倒下嗎？
席を倒してもいいですか。
seki o taoshitemo ii desuka

幾點到達？
到着は何時ですか。
toochaku wa nanji desuka

有中文報嗎？
中国語の新聞はありますか。
chuugokugo no shinbun wa arimasuka

可以給我果汁嗎？
ジュースをもらえますか。
juusu o moraemasuka

麻煩幫我掛外套。
コートをお願いします。
kooto o onegai shimasu.

吃素或對食物過敏的人怎麼辦？

如果有飲食偏好，可以在飛機起飛前 48 小時，告知航空公司喔！

● 小知識

不能帶上飛機的東西，但可以放進托運行李中

原則上只要有可能轉變成攻擊性武器的物品，都是被禁止的喔！ 1.化妝水、乳液、洗髮精、牙膏等液體、膠狀、噴霧等物品，必須裝在 100ml 容器內，總共加起來不能超過 1000ml；2.水；3.水果、蛋糕、麵包、泡麵…等肉製品、生鮮蔬果；4.行動電源、鋰電池；5.吃飯用刀、叉；6.液體藥水；7.相機腳架；8.自拍神器；9.雨傘；10.鉛筆盒；11.羽毛球拍。

Note 02

紅茶（こうちゃ）かコーヒーはいかがですか。

您要來杯紅茶或咖啡嗎？

您要來杯紅茶或咖啡嗎？
A： 紅茶（こうちゃ）かコーヒーはいかがですか。
koocha ka koohii wa ikaga desuka.

給我紅茶。
B： 紅茶（こうちゃ）ください。
koocha kudasai.

日本生活小知識

飛機上沒有隨機大廚喔！因此提供的餐點種類，都是航空公司事先在地面的中央廚房做好的，飛機上只能加個熱而已。可別跟空姐要求牛肉麵或是炒飯之類的，飛機上沒有準備的餐點喔！

生活單字

● 請給我____。

名詞 ＋をください。
o kudasai

牛肉	雞肉	毛毯	魚
ビーフ	チキン	毛布	魚
biifu	chikin	moofu	sakana

枕頭	葡萄酒	暈車藥	
枕	ワイン	酔い止め薬	
makura	wain	yoidome gusuri	

啤酒	報紙	水	
ビール	新聞	お水	
biiru	shinbun	o mizu	

● 有____嗎？

名詞 ＋はありますか。
wa arimasuka

入境卡
入国カード
nyuukoku kaado

感冒藥	英文雜誌
風邪薬	英語の雑誌
kaze gusuri	eego no zasshi

日本報紙	溫的飲料
日本の新聞	温かい飲み物
nihon no shinbun	atatakai nomi mono

您要雞肉還是豬肉。

チキンとポーク、どちらになさいますか。

chikin to pooku, dochira ni nasaimasuka.

給我豬肉。

ポークでお願いします。

pooku de onegaishimasu.

咖啡您要熱的還是冰的。

コーヒーはホットとアイス、どっちにしますか。

koohii wa hotto to aisu, docchi ni shimasuka.

給我冰的。

アイスでお願いします。

aisu de onegaishimasu.

我要冰的。

私はアイスにします。

watashi wa aisu ni shimasu.

請再給我一杯。

もう1杯ください。

moo ippai kudasai

請給我飲料。

飲み物をください。

nomi mono o kudasai

是免費的嗎？

無料ですか。

muryoo desuka

我身體不舒服。

気分が悪いです。

kibun ga warui desu

19

我肚子疼。
おなかが痛いです。
o naka ga itai desu

感到寒冷。
寒いです。
samui desu

想看錄影帶。
ビデオが見たいです。
bideo ga mitai desu

現在繫安全帶的燈號已消失。
ただ今、シートベルト着用サインが消えました。
tada ima, shiito beruto chakuyoo sain ga kiemashita.

本機現在正通過亂流。
当機はただ今気流の悪いところを通過しております。
tooki wa tada ima kiryuu no warui tokoro o tsuuka shite orimasu.

請您回座位。
お座席にお戻りください。
o zaseki ni omodori kudasai.

現在我們在哪裡？
今、どのへんですか。
ima, dono hen desuka

那是富士山嗎？
あれ、富士山ですか。
are, fujisan desuka.

20

什麼時候到達？
いつ着きますか。
itsu tsukimasuka

再20分鐘。
あと20分です。
ato nijuppun desu

請讓上廁所的旅客現在趕快利用。
化粧室のご利用は今のうちにお済ませください。
keshooshitsu no go riyoo wa ima no uchi ni osumase kudasai.

● 小知識

日本出入境卡，盡量填寫完整

到日本，第一步就是要辦理入境手續。這時就要先填寫「外國人入國記錄」（出入境登記卡）。這一般在飛機上就可以領得到。裡面要填寫的項目有：姓名、出生年月日、性別、國籍、住家地址、日本聯繫地址、護照號碼、入境目的、搭乘航班、登機地等。請填寫完整，這樣通關時，就會更加順暢喔！

好用單字		
雑誌 zasshi	／雜誌
イヤホ（ー）ン yaho(o)n	／耳機
タバコ tabako	／香煙
ワイン wain	／葡萄酒
機内販売 kinai hanbai	／機艙內販賣

好用單字		
免税品 menzee hin	／免稅商品
カタログ katarogu	／型錄
スカーフ sukaafu	／圍巾
香水 koosui	／香水

Note 03

旅行ですか。
你來觀光的嗎？

你來觀光的嗎？

A：旅行ですか。
ryokoo desuka.

不，我是來留學的。

B：いいえ、留学です。
iie, ryuugaku desu.

好了，可以了。

A：はい、結構です。
hai, kekkoo desu.

日本生活小知識

日本海關在審查書類時，會問的問題一般是，你來日本目的為何？你會停留幾天？你會住在哪裡？職業是什麼？在檢查行李時，一般會說，請打開行李？這是什麼？有沒有特別申報物品？有沒有攜帶以下物品？等問題，大都是簡單的日語。只要態度誠懇，簡單回答就好了。

生活單字

● 旅行目的為何？
Q:旅行の目的は何ですか。
りょこう もくてき なん
ryokoo no mokuteki wa nan desuka

● 是_____。
A:名詞＋です。
desu

觀光	留學
観光 かんこう	留学 りゅうがく
kankoo	ryuugaku

出差	工作	商務
出張 しゅっちょう	仕事 しごと	ビジネス
shucchoo	shigoto	bijinesu

探親	會議	探訪朋友
親族訪問 しんぞくほうもん	会議 かいぎ	知人訪問 ちじんほうもん
shinzoku hoomon	kaigi	chijin hoomon

Sentence 例句

你的職業是？
職業は何ですか。
しょくぎょう なん
shokugyoo wa nan desuka

學生。
学生です。
がくせい
gakusee desu

上班族。
サラリーマンです。
sarariiman desu

23

粉領族。

OLです。
ooeru desu

我是主婦。

主婦です。
shufu desu

我是公司職員。

会社員です。
kaisha in desu

我是醫生。

医者です。
isha desu

我是公司負責人。

経営者です。
keeee sha desu

聰明幫別人帶東西

如果別人託您帶東西，請務必打開確認。能帶就帶，不能帶就要果斷拒絕。否則責任是很重大的喔！

 ● 小知識

按指紋並拍照

到日本接受入境審查時，為了反恐，規定外國人第一次入境日本，要按食指指紋還要拍面部照片。這時，海關人員會説：

♥ カメラを見てください。／請看照相機。

♥ こちらを見てください。／請看這邊。

♥ 人差し指をここに置いてください。／請將食指按在這裡。

Note 04

どこに<ruby>滞在<rt>たいざい</rt></ruby>しますか。

你住哪裡？

你住哪裡？

A：どこに<ruby>滞在<rt>たいざい</rt></ruby>しますか。
doko ni taizai shimasuka.

我住新宿京王飯店。

B：<ruby>新宿京王<rt>しんじゅくけいおう</rt></ruby>プラザホテルです。
shinjuku keekoo puraza hoteru desu.

日本生活小知識

在檢查行李時，一般會問，請打開行李？這是什麼？有沒有特別申報物品？有沒有攜帶以下物品？等問題，大都是簡單的日語。只要以態度的誠懇，簡單回答就好了。

生活單字

● 要住在哪裡？
Q:どこに滞在しますか。
たいざい
doko ni taizai shimasuka

● ＿＿＿。
A:名詞＋です。
desu

○○飯店
○○ホテル
hoteru

朋友家
友人の家
ゆうじん いえ
yuujin no ie

○○旅館
○○旅館
りょかん
ryokan

留學生宿舍
留学生宿舎
りゅうがくせいしゅくしゃ
ryuugakusee shukusha

兒子的家
息子の家
むすこ いえ
musuko no ie

○○民宿
○○民宿
みんしゅく
minshuku

同事的家
同僚の家
どうりょう いえ
dooryoo no ie

● 要待幾天？
Q:何日滞在しますか。
なんにちたいざい
nannichi taizai shimasuka

● ＿＿＿。
A:期間＋です。
desu

一個月
一ヶ月
いっ か げつ
ikkagetsu

十天
10日間
と お か かん
tookakan

三天
三日
みっ か
mikka

五天
五日間
いつ か かん
itsukakan

一星期
一週間
いっしゅうかん
sshuukan

兩星期
二週間
に しゅうかん
nishuukan

大約兩個月
約2ヶ月
やくに か げつ
yaku nikagetsu

26

生活單字

● 請＿＿＿。

動詞 ＋ください。
kudasai

開 **開けて** akete	等 **待って** matte	讓我看 **見せて** misete	關起來 **しまって** shimatte
看 **見て** mite	說 **言って** tte	打開 **開いて** hiraite	拿出來 **出して** dashite

● 這是什麼？
Q:これは何ですか。
kore wa nan desuka

● 是＿＿＿。
A: 名詞＋です。
desu

		日常用品 **日常品** nichijoohin	衣服 **洋服** yoofuku
		相機 **カメラ** kamera	禮物 **プレゼント** purezento
香煙 **タバコ** tabako	日本酒 **日本酒** nihon shu	名產 **お土産** omiyage	洗臉用具 **洗面具** senmen gu
筆記用具 **筆記用具** hikki yoogu	圍巾 **スカーフ** sukaafu	感冒藥 **風邪薬** kaze gusuri	字典 **辞書** ji sho

生活單字

● 麻煩我到_____。

場所	＋までお願いします。
	made onegai shimasu

台北 タイペイ **台北** taipee	日本 に ほん **日本** nihon	香港 ホンコン **香港** honkon
北京 ペ キン **北京** pekin	大阪 おおさか **大阪** oosaka	巴黎 **パリ** pari
倫敦 **ロンドン** rondon	羅馬 **ローマ** rooma	曼谷 **バンコク** bankoku

上海
シャンハイ
上海
shanhai

Sentence 例句

日本航空櫃檯在哪裡？
に ほんこうくう
日本航空のカウンターはどこですか。
nihonkookuu no kauntaa wa doko desuka

我要辦登機手續。
チェックインします。
chekku in shimasu

有靠窗的座位嗎？
まどがわ　せき
窓側の席はありますか。
madogawa no seki wa arimasuka

我要靠走道的。

通路側がいいです。

tuuro gawa ga ii desu

是全部禁煙嗎

全部禁煙ですか。

zenbu kin'en desuka

是商務艙。

ビジネスクラスです。

bijinesu kurasu desu

是經濟艙。

エコノミークラスです。

ekonomii kurasu desu

這是里程累積卡的號碼。

これ、マイレージのナンバーです。

kore, maireeji no nanbaa desu.

全部都是隨身行李。

全部手荷物です。

zenbu tenimotsu desu.

20公斤超重一些了。

重さが20キロを少し超えていますよ。

omosa ga nijukkiro o sukoshi koete imasuyo.

行李有沒有放這類東西？

お荷物にこういったものは入っていませんか。

o nimotsu ni kooitta mono wa haitte imasenka.

Note 05

両替はあちらの窓口になります。

兌換在那邊的窗口。

兌換在那邊的窗口。

A： 両替はあちらの窓口になります。
ryoogae wa achira no madoguchi ni narimasu.

啊！謝謝你。

B： ああ、ありがとうございます。
aa,arigatoo gozaimasu.

日本生活小知識

日本的各個國際機場、大飯店、大銀行，都可以兌換外幣。兌換時需要手續費。旅行支票也可以兌換日圓。如果您有國際通用信用卡，就可以利用銀行的自動兌換機來兌換或是到 ATM 提領現金。

實用單字

● 請_____。

名詞 +してください。
site kudasai

換外幣	簽名
両替 （りょうがえ）	サイン
ryoogae	sain
確認	換（錢）
確認 （かくにん）	チェンジ
kakunin	chenji

Sentence 例句

換成日圓
日本円に。 （にほんえん）
nihon en ni

請換成五萬日圓。
5万円両替してください。 （ごまんえんりょうがえ）
goman en ryoogaeshite kudasai

也請給我一些零錢。
小銭も混ぜてください。 （こぜに・ま）
kozeni mo mazete kudasai

旅行支票匯率會好一些。
トラベラーズチェックの方が少しレートがいいです。 （ほう・すこ）
toraberaazu chekku no hoo ga sukoshi reeto ga iidesu.

請讓我看一下護照。

パスポートを見せてください。
pasupooto o misete kudasai

麻煩您在這裡簽名。

ここにサインをお願いします。
koko ni sain o onegai shimasu

這樣可以嗎？

これでいいですか。
korede ii desuka

很抱歉，我們只收紙幣。

恐れ入りますが、お取り扱いは紙幣のみとなっております。
osoreirimasuga, o toriatsukai wa shihee nomi to natte orimasu.

很抱歉，我們不收台幣。

申し訳ありません、当行では台湾ドルのお取り扱いをしておりません。
mooshiwake arimasen, tookoo dewa taiwan doru no o toriatsukai o shite orimasen.

謝謝您使用。

ご利用ありがとうございました。
go riyoo arigatoo gozaimashita.

日圓有四種紙幣和六種硬幣

四種紙幣是：1萬、5千、2千和1千日圓；六種硬幣是：5百、1百、50、10、5和1日圓。

Note 06

もしもし、台湾の王です。

喂！我姓王台灣來的。

喂！我姓王台灣來的。

A： もしもし、台湾の王です。
moshimoshi, taiwan no oo desu.

喂！你現在在哪裡？

B： もしもし、今、どこにいますか。
moshimoshi, ima, doko ni imasuka.

我在羽田的巴士總站。在 13 號的公車站。

A： 羽田のバスターミナルです。13 番のバス停に
います。
haneda no basu taaminaru desu. juusanban no basutee ni
imasu.

日本生活小知識

到了日本，第一件事當然就是打電話回國報平安囉！打電話回台灣，順序是「先撥國際電話代碼（010 等）→台灣國碼（886）→區域號碼去零（2）→電話號碼」。例如「010-886-2-2755-XXXX」。打行動電話也是去第一個零，例如「010-886-936-999-XXX」。

給我一張電話卡。
テレホンカード1枚ください。
terehon kaado ichimai kudasai

喂,我是台灣的小李。
もしもし、台湾の李です。
moshi moshi, taiwan no ri desu

陽子小姐在嗎?
陽子さんはいらっしゃいますか。
yookosan wa irasshaimasuka

我剛到日本。
ただいま、日本に着きました。
tada ima, nihon ni tsukimashita

如何打日本市內電話

請輸入:「區域碼+電話號碼」。例如東京是「03-3224-XXXX」。

搭成田Express去。
成田エクスプレスで行きます。
narita ekusupuresu de ikimasu

那麼就在新宿車站見面吧!
では、新宿駅で会いましょう。
dewa, shinjuku eki de aimashoo

在哪裡碰面好呢?
どこで会いましょうか。
doko de aimashooka

知道南口在哪裡嗎?
南口はわかりますか。
minamiguchi wa wakarimasuka

在JR的剪票口等你。
JRの改札口で待っています。
jee aaru no kaisatsu guchi de matte imasu

待會兒見。

では、また後で。
dewa, mata atode

喂！你到車站了嗎？

もしもし、もう駅に着きましたか。
moshimoshi, moo eki ni tsukimashitaka.

還沒有。很抱歉，我會遲到15分左右。

いえ、まだです。すみません、15分ぐらい遅れます。
ie, mada desu. sumimasen, juugofun gurai okuremasu.

喂！你現在在哪裡？

もしもし、今どこですか。
moshimoshi, ima dokodesuka.

咦？我一直在店家的前面喔！

えっ？　ずっと店の前にいますよ。
e? zutto mise no mae ni imasuyo.

如何打日本行動電話

只要直接輸入手機號碼就可以啦！例如「090-2345-XXXX」。

 ●小知識

便宜又漂亮的日本電話卡
テレホンカード（テレカ）

如何打便宜的電話，可以多加利用可愛又美麗的電話卡。打日本國內電話用「Prepaid Card」，打國際電話用「World Prepaid Card」。至於日本緊急電話有：119 火警、救援；110 匪警、事故；104 查號台；117 報時台；177 天氣預報台。

喂！現在我到公車站了。

もしもし、今バス停に着きました。

moshimoshi, ima basutee ni tsukimashita.

馬上過去接你。

すぐ迎えにいきます。

sugu mukae ni ikimasu.

現在，無法接電話。

ただ今、電話に出られません。

tada ima, denwa ni deraremasen.

請在嗶聲後留言。

ピーッと鳴ったら、

メッセージをどうぞ。

piitto nattara, messeeji o doozo.

比較一下「留守、留守番、留守番電話」

留守：不在家、看家；
留守番：看家；留守番電話：電話答錄機。

您所撥的電話，是空號請查明之後再撥。

おかけになった電話番号は、現在使われておりません。

okakeni natta denwa bangoo wa, genzai tsukawarete orimasen.

到了新宿，我再打電話。

新宿に着いたら、また電話します。

shinjuku ni tsuitara, mata denwa shimasu.

好用單字		
電話する denwasuru	／打電話
携帯電話 keetai denwa	／手機
メッセージ messeeji	／留言
外出中 gaishutsu chuu	／外出中
留守 rusu	／不在家

好用單字		
出かける dekakeru	／出門
伝言 dengon	／留言
発信音 hasshin on	／鈴聲
ご用件 go yooken	／要事

Note 07

ＥＭＳを台湾に送りたいんですが。

我要用特快專遞寄到台灣。

我要用特快專遞寄到台灣。

A：ＥＭＳを台湾に送りたいんですが。
iiemuesu o taiwan ni okuritaindesuga.

裡面裝的是什麼？

B：中身は何ですか。
nakami wa nandesuka.

是書。

A：本です。
hon desu.

我秤一下。三公斤，400 日圓。

B：量ります。３キロですね。4,000 円です。
hakarimasu. sankiro desune. yonsen en'desu.

日本生活小知識

從日本寄包裹到國外的郵寄方法有：國際快捷（EMS）、航空、SAL 跟船運。
EMS 屬於優先包裹，速度快、通關手續簡單，最常被使用。另外，SAL 的經濟
航空包裹，價錢比 EMS 便宜，只要飛機有空艙位，也會快速幫你送達。

生活單字

● 麻煩我寄 _____ 。

名詞＋でお願いします。
de onegai shimasu

空運 こうくうびん **航空便** kookuubin	船運 ふなびん **船便** funabin	掛號 かきとめ **書留** kakitome
包裹 こづつみ **小包** kozutsumi	宅急便 たっきゅうびん **宅急便** takkyuubin	限時專送 そくたつ **速達** sokutatsu

Sentence 例句

費用多少？

料金はいくらですか。
ryookin wa ikura desuka

麻煩寄到台灣。

台湾までお願いします。
taiwan made onegai shimasu

請給我明信片10張。

はがきを10枚ください。
hagaki o juumai kudasai

哪一個便宜？

どちらが安いですか。
dochira ga yasui desuka

有寄包裹的箱子嗎？

小包の箱はありますか。

kozutsumi no hako wa arimasuka

箱子要收費，沒問題嗎？

箱は有料ですが、よろしいですか。

hako wa yuuryoo desuga, yoroshiidesuka.

麻煩寄航空信。

エアメールでお願いします。

ea meeru de onegai shimasu

大概什麼時候寄到？

どのぐらいで着きますか。

donogurai de tsukimasuka

四天左右。

四日くらいです。

yokka kurai desu.

> **幾天送到台灣呢？**
> 國際快捷（EMS）約 3-5 天；航空約 7-10 天；SAL 約 10-20 天；船運約 20 天到三個月不等。

● 小知識

怎麼郵寄最划算呢？

如果郵寄的物品重量只有幾百 g，而且是貴重的，就走 EMS 國際快捷；如果物品重，而且希望盡快送達，那就走航空或 SAL 的管道；如果是便宜的日常用品，又不急著到手，那麼，船運是最經濟的囉！

Note 08

もしもし、予約をしたいのですが。

喂！我想預約。

喂！我想預約。

A：もしもし、予約をしたいのですが。
moshimoshi, yoyaku o shitainodesuga.

好的，您預約什麼時候呢？

B：はい、いつでしょうか。
hai, itsu deshooka.

今天晚上開始住 4 個晚上。麻煩兩個人，一個房間。

A：今晩から４泊です。二人、一部屋をお願いします。
konban kara yonpaku desu. futari, hitoheya o onegaishimasu.

日本生活小知識

直接在日本機場預約飯店，也是考驗日語的好方法喔！有時候還可以幸運地找到重新裝修、簡單、又漂亮的飯店喔！

生活單字

● ＿＿＿＿多少錢？

名詞 （は…） ＋いくらですか。
　　　wa　　　　　ikura desuka

一晩 1泊（ぱく） ippaku	一個人 一人（ひとり） hitori	兩張單人床房間 ツインは tsuin wa

一張雙人床房間 ダブルは daburu wa	單人床房間 シングルは shinguru wa	這個房間 この部屋（へや）は kono heya wa

總統套房 スイートルームは suiito ruumu wa	兩個人 二人（ふたり）で futari de

Sentence 例句

這家旅館住宿費比較貴。
この旅館（りょかん）のほうが料金（りょうきん）が高（たか）いですよ。
kono ryokan no hoo ga ryookin ga takaidesuyo.

A飯店比B飯店還要有人氣。
Aホテル（エー）のほうが、Bホテル（ビー）より人気（にんき）があります。
ee hoteru no hoo ga, bii hoteru yori ninki ga arimasu.

我想預約。
予約（よやく）したいです。
yoyakushitai desu

有附早餐嗎？

朝食はつきますか。
chooshoku wa tsukimasuka

那樣就可以了。

それでお願いします。
sorede onegai shimasu

三個人可以住同一間房間嗎？

三人一部屋でいいですか。
sannin hitoheya de ii desuka

有餐廳嗎？

レストランはありますか。
resutoran wa arimasuka

有沒有更便宜的房間？

もっと安い部屋はありませんか。
motto yasui heya wa arimasenka

幾點開始住宿登記？

チェックインは何時からですか。
chekku in wa nanji kara desuka

我來幫你提行李。

お荷物お持ちします。
o nimotsu omochishimasu.

大廳有電腦。

ロビーにパソコンがございます。
robii ni pasokon ga gozaimasu.

日本膠囊旅館（Capsule Hotel）

到日本，不妨挑戰一下，一晚約 3000 日圓的太空艙式單人小床！

Note 09

あのう、このバスは新宿^{しんじゅくい}行きですか。

請問，這輛巴士開往新宿嗎？

請問，這輛巴士去新宿嗎？

A： あのう、このバスは新宿^{しんじゅくい}行きですか。
anoo, kono basu wa shinjuku iki desuka.

去的。給我看一下車票。車子就要開了喔！

B： そうです。チケットを見^みせてください。
間^まもなく出発^{しゅっぱつ}しますよ。
soo desu. chiketto o misete kudasai.
mamonaku shuppatsu shimasuyo.

日本生活小知識

從成田機場到東京市區，有搭乘電車與巴士兩種方法。電車的好處是不受交通
狀況影響，但如果行李體積較大，就有些不方便了。巴士雖然容易遇到塞車，
但有專人替您的行李上號碼牌，確保不會遺失，大型巴士底下還有行李專門區，
來置放您的行李。

你好。我在網路有預約
すみません、ネットで予約したんですが。
sumimasen, netto de yoyaku shitandesuga.

有到○○飯店嗎？
○○ホテルへ行きますか。
hoteru e ikimasuka

下一班巴士幾點？
次のバスは何時ですか。
tsugi no basu wa nanji desuka

給我一張到新宿的票。
新宿まで1枚ください。
shinjuku made ichimai kudasai

請往右側出口出去。
右側の出口に出てください。
migigawa no deguchi ni dete kudasai

出口
EXIT

請在3號乘車處上車。
3番乗り場で乗車してください。
sanban noriba de jooshashite kudasai

利木津巴士的車票
利木津巴士的車票上都
有在哪一號乘車位號碼
上車、出發時刻、去
向，要確認喔！

我想去澀谷。
渋谷へ行きたいです。
shibuya e iki tai desu

幾號巴士站？
乗り場は何番ですか。
nori ba wa nanban desuka

這裡有到新宿嗎？

ここは、新宿行きですか。
koko wa, shijuku iki desuka

到東京車站要幾分鐘？

東京駅まで何分ですか。
tookyoo eki made nanpun desuka

好用單字		
切符 kippu	／車票
売り場 uriba	／售票處
リムジンバス rimujin basu	／機場巴士
乗り場 noriba	／乘車處
1番乗り場 ichiban noriba	／一號巴士站

好用單字		
並ぶ narabu	／排隊
新宿行き shinjuku yuki	／往新宿
東京駅行き tookyoo eki yuki	／往東京車站
都内 tonai	／都內

● 小知識

暢行無阻的儲值卡

到日本搭車，建議購買 Suica 等 IC 儲值卡，所有近距離的電車、地下鐵、公車與部分計程車，只要一卡在手，通過檢票口，觸碰一下，就能暢行無阻了！

Note 01

李様ですね。ご予約承っております。

您是李小姐對嗎。確認有您的預定。

我姓李。

A：李と申します。
ri to mooshimasu.

您是李小姐對嗎。確認有您的預定。

B：李様ですね。ご予約 承っております。
ri sama desune. go yoyaku uketamawatte orimasu.

日本生活小知識

日本飯店服務員一般可以用英語跟您溝通，但能講中文的並不多。大型飯店大
都有免費的巴士接送服務。房間一般有單人房（シングル Single）、雙人大床
房（ダブル Double）、兩張單人床的雙人房（ツイン Twin）、三張單三人床
或雙人大床加單人床的三人房（トリプル Triple）…等。

實用單字

● 麻煩＿＿＿。

名詞 ＋をお願いします。
o onegai shimasu

住宿登記	行李
チェックイン	荷物
chekku in	にもつ nimotsu

說明	簽名	鑰匙
説明 せつめい	サイン	鍵 かぎ
setsumee	sain	kagi

Sentence 例句

有預約。
予約してあります。
yoyakushite arimasu

我是網路預約的。我姓李。
ネットで予約しました李と申します。
netto de yoyaku shimashita ri to mooshimasu.

沒預約。
予約してありません。
yoyakushite arimasen

我叫李明寶。
李明宝といいます。
ri meehoo to iimasu

李先生是嗎。確認有您的預定。
李様ですね、ご予約 承っております。
ri sama desune, go yoyaku uketamawatte orimasu.

今天開始住兩晚。
本日から二泊ですね。
honjitsu kara futahaku desune.

幾點退房？
チェックアウトは何時ですか。
chekku auto wa nanji desuka

麻煩刷卡。
カードでお願いします。
kaado de onegai shimasu

房間是幾號房呢？
部屋は何号室ですか。
heya wa nangooshitsu deesuka.

528號房。
528号室です。
gonihachi gooshitu desu.

房內使用網路
一般都市裡的飯店或商務飯店，在房內都有提供上網或網路線的服務。

在哪裡吃早餐？
朝食はどこで食べますか。
chooshoku wa doko de tabemasuka

在房間可以使用網路嗎？
部屋でネット使えますか。
heya de netto tsukaemasuka.

有保險箱嗎？
金庫はありますか。
kinko wa arimasuka

有街道的地圖嗎？

街の地図はありますか。

machi no chizu wa arimasuka

這房間規定是禁煙的。

こちらは禁煙のお部屋となっております。

kochira wa kin'en no o heya to natte orimasu.

這是鑰匙跟早餐 。

こちらは鍵と朝食券です。

kochira wa kagi to chooshokuken desu.

我送您到房間。

お部屋にご案内いたします。

o heya ni go annai itashimasu.

請幫我搬行李。

荷物を運んでください。

nimotsu o hakonde kudasai

請從那邊的電梯上三樓。

あちらのエレベーターで3階へお上がりください。

achira no erebeetaa de sangai e oagari kudasai.

● 小知識

房價有沒有含稅呢？

有些飯店的房價包括了 8 % 的消費稅和 10 % 的服
務稅。有的就沒有包括，要另外計費。有些溫泉
旅館還需要加上每晚每人約 150 日圓的溫泉稅。
記得問清楚，免得拿到帳單，嚇一跳喔！

N o t e 0 2

これをクリーニングしてほしいです。

這件我要送洗。

這件我要送洗。

A：これをクリーニングしてほしいです。
kore o kuriiningushite hoshiidesu.

好的。幫您收下了。

B：はい、お<ruby>預<rt>あず</rt></ruby>かりします。
hai, oazukari shimasu.

日本生活小知識

日本飯店有各式各樣的客房服務，譬如進房間可能會看到桌上放著鳳梨酥，還有貼心的摺紙，擺得漂漂亮亮的浴衣。玄關擺放軟軟的，挺舒服的夾腳拖。有些飯店晚餐還提供美得捨不得吃的懷石料理。總之，在許多看似簡單的小地方，卻能讓客人感動。

生活單字

● 請_____。

名詞 ＋を＋ 動詞 ＋ください。
　　　　o　　　　　　　kudasai

房間／更換
部屋（へや）／換（か）えて
heya／kaete

熨斗／借我
アイロン／貸（か）して
airon／kashite

行李／搬運
荷物（にもつ）／運（はこ）んで
nimotsu／hakonde

地方／告訴我
場所（ばしょ）／教（おし）えて
basho／oshiete

使用方法 教
使（つか）い方（かた）／教（おし）えて
tsukaikata／oshiete

毛巾／更換
タオル／替（か）えて
taoru／kaete

掃／打
掃除（そうじ）／して
sooji／shite

床單／更換
シーツ／替（か）えて
shiitsu／kaete

Sentence 例句

請打掃房間。
部屋（へや）を掃除（そうじ）してください。
heya o soojishite kudasai

請再給我一條毛巾。

タオルをもう１枚ください。
taoru o moo ichimai kudasai

鑰匙不見了。

鍵をなくしました。
kagi o nakushimashita

沒有開瓶器。

栓抜きがありません。
sennuki ga arimasen

可以給我冰塊嗎？

氷はもらえますか。
koori wa moraemasuka

電視故障了。

テレビが壊れています。
terebi ga kowarete imasu

鬧鐘壞了。

目覚まし時計が壊れています。
mezamashidokee ga kowarete imasu.

我不知道怎麼使用淋浴器。

シャワーの使い方が分かりません。
shawaa no tsukaikata ga wakarimasen.

「以客為尊」的究極服務心法

當客人不滿意時，日本服務人員一般會立即向客人道歉，並盡快幫助客人解決問題。「以客為尊」的日本人，總讓客人獲得了周到的服務。

房間好冷。

部屋が寒いです。
heya ga samui desu

我要英文報。

英語の新聞がほしいです。
eego no shinbun ga hoshii desu

衣架不夠。

ハンガーが足りません。
hangaa ga tarimasen

Note 03

ルームサービスお願^{ねが}いします。

我要客房服務。

20

我要客房服務。

A： ルームサービスお願^{ねが}いします。
ruumu saabisu onegaishimasu.

您要點什麼呢？

B： ご注文^{ちゅうもん}は何^{なに}になさいますか。
go chuumon wa nani ni nasaimasuka.

給我披薩跟一瓶可樂。費用請記在住宿費上。

A： ピザとコーラ一^{ひと}つお願^{ねが}いします。
お勘定^{かんじょう}は部屋^{へや}につけておいてください。
piza to koora hitotsu onegaishimasu.
o kanjoo wa heya ni tsukete oite kudasai.

日本生活小知識

日本是個觀光大國，因此許多飯店，都是充滿了體驗日本文化的經驗。無論是吃日式料理、懷石料理，喝日本酒、日本茶，欣賞日式餐廳的擺設、庭院。大廳藝廊的書法、繪畫、傳統工藝品、現代藝術，都可以免費觀賞。

Sentence 例句

您好，這裡是服務台。

はい、フロントでございます。

hai, furonto de gozaimasu.

100號客房。

100号室です。

hyaku gooshitsu desu

我要客房服務。

ルームサービスをお願いします。

ruumu saabisu o onegai shimasu

給我一客比薩。

ピザを一つください。

piza o hitotsu kudasai

需要等約30分，可以嗎？

30分ほどお待たせしますが、よろしいですか。

sanjuppun hodo omataseshimasuga, yoroshiidesuka.

我要送洗。

洗濯物をお願いします。

sentakumono o onegai shimasu

早上6點請叫醒我。

朝6時にモーニングコール
をお願いします。

asa rokuji ni mooningu kooru o
onegai shimasu

早上六點是嗎。好的。

朝6時ですね。かしこまりました。

asa rokuji desune. kashikomarimashita.

麻煩幫我按摩。

マッサージをお願いします。

massaaji o onegai shimasu

54

想預約餐廳。

レストランの予約をしたいです。

resutoran no yoyaku o shitai desu

想打國際電話。

国際 電話をかけたいです。

kokusaidenwa o kaketai desu

有毛毯嗎？

毛布はありますか。

moofu wa arimasuka

毛毯在櫃子裡面。

毛布は戸棚の中にございます。

moofu wa todana no naka ni gozaimasu.

好用單字	トイレットペーパー toiretto peepaa	／衛生紙
	ドライヤー doraiyaa	／吹風機
	シャンプー shanpuu	／洗髮精
	リンス rinsu	／潤絲精
	歯磨きセット hamigaki setto	／牙刷組合
	シャワー shawaa	／淋浴

好用單字	栓抜き sennuki	／開瓶器
	ナイフ naifu	／刀子
	枕 makura	／枕頭
	布団 futon	／棉被
	毛布 moofu	／毛毯

N o t e 04

お支払いはどうされますか。

請問刷卡還是付現？

* * * * * * * *

您利用過冰箱裡的東西嗎？

A： 冷蔵庫をお使いですか。
reezooko o otsukaidesuka.

沒有。

B： いいえ。
iie.

請問刷卡還是付現？

A： お支払いはどうされますか。
oshiharai wa doo saremasuka.

刷卡。

B： カードでお願いします。
kaado de onegaishimasu.

日本生活小知識

為了讓貴客能有充裕的時間，享受一頓豐富的早餐，一般飯店的退房時間都是在上午 10 點到 11 點。結帳時使用日圓現金，或國際通用信用卡支付都可以。

Sentence 例句

我要退房。
チェックアウトします。
chekku auto shimasu

這是什麼？
これは何<ruby>何<rt>なん</rt></ruby>ですか。
kore wa nan desuka

沒有使用迷你吧。
ミニバーは利用<ruby>利<rt>り</rt>用<rt>よう</rt></ruby>していません。
minibaa wa riyooshite imasen

請給我收據。
領収書<ruby>りょうしゅうしょ</ruby>をください。
ryooshuusho o kudasai

多謝關照。
お世話<ruby>世<rt>せ</rt>話<rt>わ</rt></ruby>になりました。
osewa ni narimashita

> **優惠房價，有時需要付現金喔！**
> 有些飯店會提供房價優惠方案，但必須現金支付，不能刷卡，請訂房時要先詢問清楚喔！

● 小知識

要付小費嗎？

在美國住飯店是要給小費的，那是因為服務人員都是拿最低工資，所以小費變成是他們主要的收入來源。但是，在日本住宿費裡已經包括服務費了，所以是不用再給小費的。

麻煩我要刷卡。
カードでお願いします。
kaado de onegai shimasu

請簽名。
サインしてください。
sainshite kudasai

麻煩確認一下。
確認をお願いします。
kakunin o onegaishimasu

這樣可以的。
これでけっこうです。
kore de kekkoo desu.

您的費用已經收到了。
料金はもういただいております。
ryookin wa moo itadaite orimasu.

行李寄放到今天傍晚。
今日の夕方まで荷物を預かってください。
kyoo no yuugata made nimotsu o azukatte kudasai.

MEMO

Note 01

うな丼はいかがですか。半額になってますよ。

來份鰻魚蓋飯怎麼樣？半價喔。

來份鰻魚蓋飯怎麼樣？半價喔。

A： うな丼はいかがですか。半額になってますよ。

unadon wa ikaga desuka. hangaku ni nattemasuyo.

給我兩份鰻魚蓋飯。

B： うな丼二つください。

unadon futatsu kudasai.

日本生活小知識

在日本，當然就要體驗一下日本美食文化了。特別是百貨地下街，一看到就口水直流，咬了一口就驚為天人的平民美食了。各式便當、各類熟食、日本壽司及中華料理等各種餐點都有，而且超便宜的喔。

生活單字

____多少錢？

名詞 ＋ 数量 ＋いくらですか。
ikura desuka

豆沙糯米飯糰／兩個
おはぎ／二つ
ohagi／futatsu

麻薯／三個
おもち／三つ
omochi／mittsu

仙貝／一盒
お煎餅／一箱
o senbee／hitohako

紅豆烤餅／四個
どら焼き／四つ
dorayaki／yottsu

這個／一個
これ／一つ
kore／hitotsu

蘋果／一堆
りんご／一山
ringo／hitoyama

花／一束
花／一束
hana／hitotaba

茄子／一盤
ナス／一皿
nasu／hitosara

雨傘／一支
かさ／一本
kasa／ippon

刨冰／一份
かき氷／一つ
kakigoori／hitotsu

秋刀魚／一盤
さんま／一皿
sanma／hitosara

麻薯丸子／兩串
お団子／二串
o dango／futakushi

章魚小丸子／一盒
たこ焼き／一箱
takoyaki／hitohako

礦泉水／一瓶
ミネラルウォーター／１本
mineraru wootaa／ippon

葡萄／一盒
ぶどう／一箱
budoo／hitohako

罐裝啤酒／一罐
缶ビール／一つ
kan biiru／hitotsu

紙巾／一包
ティッシュ／一つ
tisshu／hitotsu

歓迎光臨。
いらっしゃいませ。
irasshaimase

可以試吃嗎？
試食(ししょく)してもいいですか。
shishokushitemo ii desuka

一個150日圓，三個400日圓。
一つ(ひと)150円(えん)、三つ(みっ)400円(えん)です。
hitotsu hyakugojuuen, mittsu yonhyakuen desu.

啊！真的啊！那，給我三個。
え、ほんとですか。じゃ、三(みっ)つください。
e, honto desuka. ja, mittsu kudasai.

這個請給我一盒。
これをワンパックください。
kore o wanpakku kudasai

算我便宜一點嘛。
まけてくださいよ。
makete kudasaiyo

再買一個。
もう一つ(ひと)買(か)います。
moo hitotsu kaimasu

全部多少錢？
全部(ぜんぶ)でいくらですか。
zenbu de ikura deuska

有沒有更便宜的？
もっと安(やす)いのはありますか。
motto yasuinowa arimasuka

熟食區大到驚人

在百貨地下街，您能想到的熟食這裡都有，而且擺得都像樣品，為攜帶跟食用方便，有很多都是盒裝的。

這好吃嗎？
これは、おいしいですか。
kore wa oishii desuka

來，還剩兩個，還剩兩個喔！
はい、あと<ruby>二<rt>ふた</rt></ruby>つ、あと<ruby>二<rt>ふた</rt></ruby>つだよ！
hai, ato futatsu, ato futatsudayo!

五點的限時特賣喔！
5<ruby>時<rt>じ</rt></ruby>のタイムサービスだよ！
goji no taimu saabisudayo!

我在百貨地下街買家常菜。
<ruby>デパ地下<rt>ち か</rt></ruby>で<ruby>惣菜<rt>そうざい</rt></ruby>を<ruby>買<rt>か</rt></ruby>います。
depachika de soozai o kaimasu.

晚餐要吃百貨地下街的家常菜。
<ruby>夕食<rt>ゆうしょく</rt></ruby>はデパ<ruby>地下<rt>ち か</rt></ruby>の<ruby>惣菜<rt>そうざい</rt></ruby>にします。
yuushoku wa depachika no soozai ni shimasu.

可以做便宜又好吃的料理。
<ruby>安<rt>やす</rt></ruby>くておいしい<ruby>料理<rt>りょう り</rt></ruby>ができます。
yasukute oishii ryoori ga dekimasu.

味增湯怎麼喝？

拿起碗來，像用杯子喝水一樣，然後用筷子撈出裡面的湯料來吃。

 ● 小知識

美食導覽

日本美食雜誌，應有盡有，日本人幾乎人手一本的美食導覽，裡面刊載了所有知名餐廳的資訊以及目前推出的優惠等，含有許多讀者限定的優惠方案，與其去導覽書上介紹的知名餐廳，不如到日本當地發覺藏在巷弄裡的美食，會更加有趣喔！

Note 02

チーズバーガー二つください。

給我兩個起司漢堡。

給我兩個起司漢堡。啊！還有炸薯條。

A：チーズバーガー二つください。あ、ポテトも。
chiizu baagaa futatsu kudasai. a, poteto mo.

您飲料呢？

B：お飲み物は。
o nomimono wa.

麻煩給我柳橙汁。

A：オレンジジュースをお願いします。
orenji juusu o onegaishimasu.

日本生活小知識

日本速食店很多，價格也不貴，而且常常都有限定優惠價，不到 700 日圓就可以吃得很飽了。有些速食店還強調健康，漢堡裡包滿了蔬菜。

生活單字

● 給我＿＿＿。

名詞 ＋ください。
kudasai

漢堡	可樂	薯條	熱狗堡
ハンバーガー	コーラ	フライドポテト	ホットドッグ
hanbaagaa	koora	furaido poteto	hotto doggu
沙拉	果汁	咖啡	蕃茄醬
サラダ	ジュース	コーヒー	ケチャップ
sarada	juusu	koohii	kechappu

Sentence 例句

我要A套餐。
A̍セットにします。
ee setto ni shimasu.

好的。漢堡一個在加上A套餐是嗎。
はい、ハンバーガー一つにA̍セット一つですね。
hai, hanbaagaa hitotsu ni ee setto hitotsu desune.

套餐的飲料您要點什麼？

セットのお飲み物はどれになさいますか。
setto no o nomimono wa dore ni nasaimasuka.

可樂中杯。
コーラはM̍です。
koora wa emu desu

您這裡用嗎？
こちらでお召し上がりですか。
kochira de omeshiagaridesuka.

在這裡吃。
ここで食べます。
koko de tabemasu

外帶。
テイクアウトします。
teiku auto shimasu

全部多少錢？
全部でいくらですか。
zenbu de ikura desuka

請給我大的。
大きいのをください。
ookii noo kudasai

我要附咖啡。
コーヒーを付けてください。
koohii o tsukete kudasai

也給我砂糖跟奶精。
砂糖とミルクもください。
satoo to miruku mo kudasai

有餐巾嗎？
ナプキンはありますか。
napukin wa arimasuka

N o t e   0 3

お箸<ruby>箸<rt>はし</rt></ruby>はおつけしますか。

需要筷子嗎？

歡迎光臨。晚安！

A：いらっしゃいませ、こんばんは！
irasshaimase, konbanwa!

晚安。

B：こんばんは。
konbanwa.

一共 980 日圓。需要筷子嗎？

A：お<ruby>会計<rt>かいけい</rt></ruby>のほう 980 <ruby>円<rt>えん</rt></ruby>になります。お<ruby>箸<rt>はし</rt></ruby>はおつけしますか。
o kaikee no hoo kyuuhyaku hachijuu en ni narimasu. o hashi wa otsuke shimasuka.

要。

B：お<ruby>願<rt>ねが</rt></ruby>いします。
onegaishimasu.

日本生活小知識

您知道日本的上班族，午餐平均花多少錢嗎？根據統計是 520 日圓。這個金額在超商就容易解決了。最近幾年，再加上大城市單身生活的人增多，讓利用超商的人也不斷增加。超商裡不管是麵包、泡麵、便當，還有熱開水，需要加熱時，跟店員說一聲，就幫您用微波加熱了，方便又省錢。

果汁在哪裡？

ジュースはどこですか。
juusu wa dokodesuka

請給我70日圓的郵票。

70円切手をください。
nanajuuen kitte o kudasai

這台影印機，我不知道怎麼使用？

このプリンター、使い方がよくわかりません。
kono purintaa, tsukaikata ga yoku wakarimasen.

10日圓可以印一張。

1枚10円でコピーができます。
ichimai juuen de kopii ga dekimasu.

便當要加熱嗎？

お弁当を温めますか。
o bentoo o atatamemasuka

幫我加熱。

温めてください。
atatamete kudasai

需要筷子嗎？

お箸はいりますか。
o hashi wa irimasuka

需要湯匙嗎？

スプーンはいりますか。
supuun wa irimasuka

您需要袋子嗎？

袋はご入用ですか。
fukuro wa go iriyoo desuka

麻煩您。

お願いします。
onegai shimasu

不，不需要。

いえ、けっこうです。
ie, kekkoo desu.

收您一千日圓。

1,000円お預かりします。
senen oazukari shimasu

找您兩百日圓。

200円のおつりです。
nihyakuen no otsuri desu

我用悠遊卡支付。

Suicaで払います。
suika de haraimasu

請確認金額之後，再碰觸一下。

金額をご確認になって、タッチしてください。
kingaku o go kakunin ni natte, tacchi shite kudasai.

好用單字		
コンビニ konbini	／便利商店	
レジ reji	／收銀台	
ジュース juusu	／果汁	
袋 fukuro	／袋子	
おつり otsuri	／零錢	

好用單字		
おまけ omake	／打折扣	
カップラーメン kappu raamen	／碗麵	
スナック菓子 sunakku gashi	／小點心	
ペットボトル petto botoru	／保特瓶	

Note 04

この近_{ちか}くにおいしい店_{みせ}はありますか。

這附近有好吃的店嗎？
* * * * * * * * *

這附近有好吃的店嗎？

A：この近_{ちか}くにおいしい店_{みせ}はありますか。
kono chikaku ni oishii mise wa arimasuka.

有的。就在隔壁。

B：ございますよ。すぐ隣_{となり}です。
gozaimasuyo. sugu tonari desu.

日本生活小知識

想到日本料理，第一個感覺就是「好貴喔！」，但只要您懂得多找多看多問，
一樣可以享受到物美價廉的食物。

生活單字

● 附近有＿＿＿嗎？
近_{ちか}くに＋商店＋はありますか。
chikaku ni　　　　　　　　wa arimasuka

拉麵店
ラーメン屋^や
raamen ya

壽司店
すし屋^や
sushi ya

開放式咖啡店
オープンカフェ
oopun kafe

家庭式餐廳
ファミリーレストラン
famirii resutoran

義大利餐廳
イタリア料理店^{りょう り てん}
itaria ryoori ten

印度餐廳
インド料理店^{りょう り てん}
indo ryoori ten

中華料理店
中華料理店^{ちゅう か りょう り てん}
chuuka ryoori ten

牛丼店
牛丼屋^{ぎゅうどん や}
gyuudon ya

烤肉店
焼き肉屋^{や にく や}
yakiniku ya

日本料理店
日本料理店^{に ほんりょう り てん}
nihon ryoori ten

印度餐廳
インド料理屋^{りょう り や}
ndo ryoori ya

迴轉壽司店
回転すし^{かいてん}
kaiten sushi

料亭（日本傳統料理店）
料亭^{りょうてい}
ryootee

比薩店
ピザ屋^や
piza ya

有炸蝦魚店嗎？
てんぷら屋はありますか。
tenpura ya wa arimasuka

 這裡是什麼時候開幕的？
ここはいつできましたか。
koko wa itsu dekimashitaka.

 上個月開幕的。
先月オープンしました。
sengetsu oopun shimashita.

 這家店如何？
この店はどうですか。
kono mise wa doo desuka.

這裡是大受女性朋友喜歡的拉麵店，經常很多人。
ここは女性に人気のラーメン屋で、いつも込んでいます。
koko wa josee ni ninki no raamen ya de, itsumo kondeimasu.

 好吃嗎？
おいしいですか。
oishii desuka

 這家店很時尚，料理也好吃。
この店はおしゃれで、
料理もおいしいです。
kono mise wa oshare de,
ryoori mo oishiidesu.

 這什麼好吃呢？
ここは何がおいしいですか。
koko wa naniga oishii desuka

居酒屋也有實惠的午餐

別以為居酒屋只有晚上營業喔！居酒屋也有提供實惠的午間套餐，價位約 500 ～ 1,000 日圓不等。

這家店的義大利麵很有名，經常都排著長隊。

この店はパスタが人気で、
いつも長い行列ができています。

kono mise wa pasuta ga ninki de,
itsumo nagai gyooretsu ga dekite imasu.

價錢多少？

値段はどれくらいですか。

nedan wa dorekurai desuka

料理好吃，但價格有些高。

料理はおいしいですが、値段が少し高いです。

ryoori wa oishiidesuga, nedan ga sukoshi takaidesu.

這家餐廳，景色很棒。

このレストランは、景色がすばらしいです。

kono resutoran wa, keshiki ga subarashiidesu.

你推薦什麼？

お勧めはなんですか。

osusume wa nandesuka

你喜歡吃什麼樣的食物？

どんな食べ物が好きですか。

donnna tabemono ga sukidesuka

● 小知識

看起來很貴的餐廳，午餐就比較便宜了

許多人氣餐廳，晚上的價位貴得嚇人，但是午餐
的價位就平民多了。而且食材和味道和晚餐都一
樣！所以利用午餐好好大快朵頤一番吧！

我喜歡有益健康的食物。

ヘルシーな食べ物が好きです。

herusii na tabemono ga sukidesu

想吃壽司。

すしが食べたいです。

sushi ga tabe tai desu

跟咖哩比起來，我比較想吃中國菜。

カレーより中華が食べたいです。

karee yori chuuka ga tabetaidesu.

我喜歡日本料理。

日本の料理が好きです。

nihon no ryoori ga sukidesu.

地方在哪裡？

場所はどこですか。

basho wa doko desuka

也可以用網路預約。

インターネットで予約することもできます。

intaanetto de yoyaku surukoto mo dekimasu.

 ●小知識

火車總站、大型百貨的地下街

跟我們台灣一樣，大火車站、大型百貨的地下街，也都有大型美食街，
可以在這裡低價品嚐到美食喔！

Note 05

はい、レストラン「花{はな}」です。

「花」餐廳。您好。

「花」餐廳。您好。

A：はい、レストラン「花{はな}」です。
hai, resutoran "hana" desu.

我要預約今晚七點二人。

B：今晚{こんばん}二人{ふたり}、7時{じ}で予約{よやく}したいのですが。
konban futari, shichiji de yoyaku shitainodesuga.

我查一下。請稍等。

A：お調{しら}べします。少々{しょうしょう}お待{ま}ちいただけますか。
oshirabeshimasu. shooshoo omachi itadakemasuka.

好的。請問貴姓大名。

……かしこまりました。お名前{なまえ}をお願{ねが}いします。
kashikomarimashita. o namae o onegaishimasu.

日本生活小知識

打電話到餐廳預約，感覺好難喔！其實，就是幾個重點囉！那就是人數、時間、挑選位子，還有自己的電話、姓名而已啦！

實用單字

● 在_____。

時間	＋で＋人数＋です。
	de　　　　desu

今晚7點／兩人	明晚8點／四人
今晚７時／二人	明日の夜８時／４人
こんばん じ ふたり	あした よる じ にん
konban shichiji／futari	ashita no yoru hachiji／yonin

今天6點／三個人	星期六8點／十個人
今日の６時／３人	土曜日の８時／10人
きょう じ にん	どようび じ にん
kyoo no rokuji／sannin	doyoobi no hachiji／juunin

Sentence 例句

我想預約。
予約をお願いします。
よやく ねが
yoyaku o onegaishimasu.

我姓李。
李と申します。
り もう
ri to mooshimasu

套餐多少錢？
コースはいくらですか。
koosu wa ikura desuka

有個室嗎？
個室はありますか。
こ しつ
koshitsu wa arimasuka.

請給我靠窗的座位。
窓側の席をお願いします。
madogawa no seki o onegai shimasu

盡量是靠窗座位。
なるべく、窓側の席がいいです。
narubeku, madogawa no seki ga iidesu.

請告訴我怎麼去。
行き方を教えてください。
ikikata o oshiete kudasai.

請傳真地圖給我。
地図をファックスしてください。
chizu o fakkusu shite kudasai

也有壽喜燒嗎？
すき焼きもありますか。
sukiyaki mo arimasuka

也能喝酒嗎？
お酒も飲めますか。
o sake mo nomemasuka

從車站很近嗎？
駅から近いですか。
eki kara chikai desuka

那就麻煩您了。
よろしくお願いします。
yoroshiku onegai shimasu

明天是休息日。
明日は定休日となっております。
asu wa teekyuubi to natte orimasu.

Note 06

<ruby>高橋<rt>たかはし</rt></ruby>です。7<ruby>時<rt>じ</rt></ruby>に<ruby>予約<rt>よやく</rt></ruby>してあります。

我是高橋。預約七點。
* * * * * * * *

我是高橋。預約七點。

A： <ruby>高橋<rt>たかはし</rt></ruby>です。7<ruby>時<rt>じ</rt></ruby>に<ruby>予約<rt>よやく</rt></ruby>してあります。
takahashi desu. shichiji ni yoyaku shite arimasu.

好的。讓我來確認您的預定。請稍等。

B： はい。お<ruby>調<rt>しら</rt></ruby>べします。<ruby>少々<rt>しょうしょう</rt></ruby>お<ruby>待<rt>ま</rt></ruby>ちください。
hai. oshirabeshimasu. shooshoo omachi kudasai.

高橋小姐是嗎。我來帶位。這邊請。

<ruby>高橋様<rt>たかはしさま</rt></ruby>ですね。ご<ruby>案内<rt>あんない</rt></ruby>します。こちらへどうぞ。
takahashi sama desune. go annai shimasu. kochira e doozo.

日本生活小知識

到達餐廳，告訴服務人員，自己已有預約，姓名、人數、時間、挑選位子再說
一次，就 OK 啦！

我姓李，預約7點。
李です。 7時に予約してあります。
ri desu.　shichiji ni yoyakushite arimasu

四人。
4人です。
yonin desu

四位客人，我來帶位。
4名様、ご案内します。
yonmeesama, go annai shimasu.

沒有預約。
予約してありません。
yoyakushite arimasen

現在客滿了。
ただ今、満席です。
tada ima, manseki desu.

會等一些時間，您沒問題嗎？
少々お時間がかかりますが、よろしいですか。
shooshoo o jikan ga kakarimasuga, yoroshiidesuka.

要等多久？
どれくらい待ちますか。
dore kurai machimasuka

有很多人嗎？
混んでいますか。
konde imasuka

有非吸煙區嗎？
禁煙席はありますか。
kin enseki wa arimasuka

79

那麼，我下次再來。
では、またにします。
dewa, mata ni shimasu

那麼，我等。
では、待ちます。
dewa, machimasu

請您在這裡排隊稍等一下。
こちらにお並びになってお待ちください。
kochira ni onarabini natte omachi kudasai.

您一位是嗎？
お一人様でいらっしゃいますか。
ohitorisama de irasshaimasuka.

按照號碼順序叫您。
順番にお呼びします。
junban ni oyobishimasu.

有靠窗的位子嗎？
窓際は空いていますか。
madogiwa wa aite imasuka

● 小知識

芥末放在生魚片上

台灣人習慣把芥末跟醬油混在一起當作沾醬，但是日本人注重品嚐食材的原味，因此是用筷子把芥末放到生魚片上，再去沾醬油，醬油也不要沾太多，免得失去食物原有的風味。

請您找空位坐。

どうぞ、空いている席にお座りください。

doozo, aiteiru seki ni osuwari kudasai.

不好意思，我想換位子，可以嗎？

すみません、席を移りたいです。いいですか。

sumimasen, seki o utsuritaidesu. iidesuka.

您要點的餐點決定好了之後，請叫我。

注文が決まりましたらお呼びください。

chuumon ga kimarimashitara, oyobi kudasai.

好用單字	喫煙席 kitsuen seki	／吸煙區
	個室 koshitsu	／包廂
	満員 man' in	／席位已滿
	空く aku	／有位子

好用單字	テーブル teeburu	／餐桌
	カウンター kauntaa	／櫃臺
	二人席 futari seki	／兩人座位
	四人席 yonin seki	／四人座位

Note 07

えーっと、このＡをお願いします。

嗯！我要這個A餐。

嗯！我要這個 A 餐。

A： えーっと、このＡをお願いします。
eetto, kono ee o onegaishimasu.

A 定食。好的。

B： Ａ定食ですね。かしこまりました。
ee teeshoku desune. kashikomarimashita.

日本生活小知識

貼心的日本餐廳，通常在菜單上都有美美的食物照片，因此，點菜只要指著照片，就行啦！有些菜單上面會有數字，這時候就說號碼就可以了。

生活單字

● 我要 ＿＿＿＿＿＿。

料理 ＋にします。
ni shimasu

吃好吃的去囉

壽司 **すし** sushi	天婦羅套餐 **天_{てん}ぷら定_{てい}食_{しょく}** tenpura teeshoku	涮涮鍋 **しゃぶしゃぶ** shabushabu

壽喜燒 **すき焼_やき** sukiyaki	炸豬排 **とんかつ** tonkatsu

黑輪 **おでん** oden	鰻魚飯 **うな重_{じゅう}** unajuu	烏龍麵 **うどん** udon

拉麵 **ラーメン** raamen	手捲 **手_て巻_まき** temaki

豬排飯 **カツ丼_{どん}** katsudon	梅花套餐 **梅_{うめ}定_{てい}食_{しょく}** ume teeshoku

A套餐 **A_{エー}コース** ee koosu	那個 **それ** sore

83

生活單字

● 我要＿＿＿＿＿。

料理 ＋にします。
ni shimasu

比薩 **ピザ** piza	義大利麵 **スパゲッティ** supagetti
燒賣 **シューマイ** shuumai	烤肉 **焼き肉** yakiniku
韓國泡菜 **キムチ** kimuchi	印度咖哩 **インドカレー** indo karee
北京烤鴨 **北京ダック** pekin dakku	牛排 **ステーキ** suteeki
三明治 **サンドイッチ** sandoicchi	蛋包飯 **オムライス** omu raisu
熱狗 **ソーセージ** soo see ji	咖哩飯 **カレーライス** karee raisu

Sentence 例句

給您濕毛巾。

おしぼりをどうぞ。
oshibori o doozo.

請給我菜單。

メニューを見せてください。
menyuu o misete kudasai

我要點菜。

注文をお願いします。
chuumon o onegai shimasu

推薦菜是什麼？

お勧め料理は何ですか。
osusume ryoori wa nan desuka

今天的推薦菜是這道。

本日のお勧めはこちらです。
honjitsu no osusume wa kochira desu.

每一道菜都很推薦。

どちらもお勧めですよ。
dochira mo osusume desuyo.

最推薦櫻花定食。

桜定食が一番お勧めです。
sakura teeshoku ga ichiban osusume desu.

是現在最有人氣的喔！

今すごく人気ですよ。
ima sugoku ninki desuyo.

這是什麼樣的菜？

これは、どんな料理ですか。
kore wa, donna ryoori desuka

是魚還是肉？

魚ですか。肉ですか。
sakana desuka. niku desuka

有什麼點心？

デザートは、何がありますか。
dezaato wa, nani ga arimasuka

什麼酒可以配這道菜？

これに合うお酒は？
kore ni au o sake wa?

那麼我要這個。

では、これにします。
dewa, kore ni shimasu

還有，也要湯。

あと、スープもお願いします。
ato, suupu mo onegaishimasu.

麻煩兩個B套餐。

Bコースを二つ、お願いします。
bii koosu o futatsu, onegai shimasu

您決定要點什麼菜了嗎？

お決まりになりましたか。
okimarini narimashitaka

不，還沒有，有點不知道怎麼點。

いいえ、まだです。ちょっと迷ってます。
iie, madadesu. chotto mayottemasu

不好意思，這個可以取消嗎？

あのう、これをキャンセルしてもいいですか。
anoo, kore o kyanseru shitemo iidesuka

Note 08

どのワインがおすすめですか。

你推薦哪種葡萄酒呢？

你推薦哪種葡萄酒呢？

A： どのワインがおすすめですか。
dono wain ga osusume desuka.

我推薦這瓶法國的。

B： このフランスのがおすすめです。
kono furansuno ga osusume desu.

日本生活小知識

點完主菜，就是點飲料了。服務生會問，飯前、飯後還是一起上呢？說到飲料就想到喝酒了。日本人喝酒時，會等到大家都就緒了，再一起喊「乾杯」，才開始喝，可不要在這之前先喝了喔。

生活單字

● 飲料呢？

Q: お飲み物は？
o nomimono wa

- -

● 給我_____。

A: 飲料 ＋をください。
o kudasai

烏龍茶	紅茶
ウーロン茶	紅茶
uuroncha	koocha

咖啡	柳橙汁	濃縮咖啡
コーヒー	オレンジジュース	エスプレッソ
koohii	orenji juusu	esupuresso

卡布奇諾	檸檬茶
カプチーノ	レモンティー
kapuchiino	remon tii

奶茶	可樂	七喜
ミルクティー	コーラ	セブンアップ
miruku tii	koora	sebunappu

檸檬汽水	咖啡歐雷
レモンサイダー	カフェオレ
remon' saidaa	kafe ore

冰紅茶	可可亞
アイスティー	ココア
aisu tii	kokoa

生活單字

● 您要甜點嗎？

Q: デザートはいかがですか。
dezaato wa ikaga desuka

● 給我＿＿＿＿。

A: 甜點 ＋をください。
o kudasai

布丁	蛋糕
プリン	**ケーキ**
purin	keeki

聖代	冰淇淋	霜淇淋
パフェ	**アイスクリーム**	**ソフトクリーム**
pafe	aisu kuriimu	sofuto kuriimu

日式櫻花糕點	羊羹	紅豆蜜	三色豆沙糯米糰子
さくらもち **桜餅**	**ようかん**	**あんみつ**	しょく **3色おはぎ**
sakura mochi	yookan	anmitsu	sanshoku ohagi

Sentence 例句

您要點飲料嗎？
の もの
お飲み物はよろしいですか。
o nomimono wa yoroshiidesuka.

也有紅葡萄酒喔！
ワインもございますが。
wain mo gozaimasuga.

飲料請從這裡面挑選。
の もの   なか   えら
お飲み物は、こちらの中からお選びください。
o nomimono wa, kochira no naka kara oerabi kudasai.

要附奶精跟砂糖嗎？

ミルクと砂糖はつけますか。
miruku to satoo wa tsukemasuka

麻煩只要砂糖就好。

砂糖だけ、お願いします。
satoo dake, onegai shimasu

要幾個杯子？

グラスはいくつですか。
gurasu wa ikutsu desuka

什麼時為您上飲料候呢？

お飲み物はいつお持ちしましょうか。
o nomimono wa, itsu omochi shimashooka.

飲料跟餐點一起上，還是飯後送？

お飲み物は食事と一緒ですか。
食後ですか。
o nomimono wa shokuji to issho desuka.
shokugo desuka

請飯後再上。

食後にお願いします。
shokugo ni onegai shimasu

麻煩一起送來。

一緒にお願いします。
issho ni onegai shimasu

有什麼蛋糕呢？

ケーキはどんなのがありますか。
keeki wa donnano ga arimasuka.

不用了，不需要點心。

いえ、デザートはけっこうです。
ie, dezaato wa kekkoodesu.

您要續杯嗎？

おかわり、いかがですか。
okawari, ikagadesuka.

我咖啡要續杯。

コーヒーのおかわり、お願いします。
koohii no okawari, onegaishimasu.

啊！麻煩（幫我續杯）。

あ、お願いします。
a, onegaishimasu.

麻煩，能不能給我筷子？

すみません。お箸、いただけますか。
sumimasen. ohashi, itadakemasuka.

麻煩給我水。

お水、お願い。
o mizu, onegai.

好的，馬上給您端上。

はい、ただいま。
hai, tada ima.

 ●小知識

日本倒酒文化

日本人喝酒時習慣彼此倒酒，而不是自己倒自己的。所以，喝酒時偶爾應該要看一下朋友的杯子，當他的杯子空的時候，要幫他倒酒。同樣的，如果有人想要幫您倒酒，您應該要趕緊喝光，再拿起杯子，讓對方幫您倒酒。

Note 09

すみません。お勘定_{かんじょう}お願_{ねが}いします。

麻煩你。我要結帳。

麻煩你。我要結帳。

A：すみません。お勘定_{かんじょう}お願_{ねが}いします。
sumimasen. o kanjoo onegaishimasu.

您一起算嗎？

B：ごいっしょでいいですか。
go issho de iidesuka.

是的。

A：はい。
hai.

一共 2,500 日圓。

B：2,500 円_{えん}です。
nisen gohyaku en desu.

日本生活小知識

在日本，朋友或同學在一起吃飯，通常是各自付帳。這樣下次邀約的時候，也比較能隨性一些。不過，如果對方是長輩或有一定身份的人，往往由對方請客喔！

麻煩結帳。
お勘定をお願いします。
okanjoo o onegai shimasu

以上金額，這樣沒問題嗎？
お会計は以上でよろしいですか。
o kaikee wa ijoo de yoroshiidesuka.

您一起算嗎？
ご一緒でよろしいですか。
go issho de yoroshiidesuka.

您個別結帳嗎？
お支払いは別々でよろしいでしょうか。
oshiharai wa betsubetsu de yoroshiideshooka.

我們各付各的。
別々でお願いします。
betsubetsu de onegai shimasu

請一起結帳。
一緒でお願いします。
issho de onegai shimasu

這張信用卡能用嗎？
このカードは使えますか。
kono kaado wa tsukaemasuka

我要刷卡。
カードでお願いします。
kaado de onegai shimasu

收您信用卡。
カードをお預かりします。
kaado o oazukari shimasu.

給您一萬日圓。
10,000円でお願いします。
ichiman'en de onegai shimasu

我吃飽了。／謝謝您的招待。
ごちそう様でした。
gochisoosama deshita

味道還合您的胃口嗎？
お味はいかがでしたか。
o aji wa ikagadeshitaka.

真是好吃。
おいしかったです。
oishikatta desu

您有使用停車場嗎？
駐車場のご利用はございますか。
chuushajoo no go riyoo wa gozaimasuka.

好用單字		
注文 chuumon	／點菜
費用 hiyoo	／費用
現金 genkin	／現金
払う harau	／付錢

好用單字		
クレジットカード kurejitto kaado	／信用卡
レジ reji	／收銀台
サービス料 saabisu ryoo	／服務費
おつり otsuri	／零錢

● 小知識

お菓子

饅頭：外皮是麵粉做成，多半是紅豆餡，用蒸的方式做成的甜點。是日本最常見的點心，配合各種場合衍生出許多不同的變化。

鹿の子：用紅豆餡把麻糬包住，再用煮過的甜紅豆等豆子包在紅豆餡外面，因為看起來像小鹿身上的花紋，於是有了這個名字。

わらびもち：以蕨類的澱粉成分與水、砂糖一起調和做成的透明軟糕，外層裹上「きなこ」（黃豆粉）之後，就是夏天最消暑的點心了。

大福：類似台灣的湯圓；用麻糬皮把紅豆餡包起來的一種點心，在台灣也非常受歡迎。

団子：用搗成粉的米加上水和成的團子，可以沾上各種配料，做成不同口味的點心，最常見的有「醬油団子」還有紅白綠三色的「花見団子」。

羊羹：多半以紅豆為餡料，用寒天凝固成果凍狀的點心。在台灣也很常見。

最中：外皮用糯米漿烤成的薄餅乾，內餡多半也是紅豆，用薄餅乾夾起來，口感酥脆、不會過甜，很適合一邊喝茶一邊享用的點心。

どら焼き：也就是銅鑼燒。

たい焼き：鯛魚燒，類似台灣的紅豆餅，只是做成了鯛魚的形狀。

練り切り：以豆餡跟糖為基底，用手做出各種精美形狀的傳統點心，師傅們常常依季節做出許多不同的花樣，賞心悅目而且可口。

煎餅：台灣音譯成「先貝」的烤製零嘴，多半是醬油調味，或加上海苔來增加風味。

落雁：米磨成的粉加上麥芽糖或砂糖，在用模型壓制後陰乾製成的點心。類似綠豆糕。

桜餅：用糯米粉做的外皮，裡面包紅豆餡，外面包上一張用鹽醃過的櫻花葉，很受日本一般大眾喜愛。

Note 01

山手線に乗り換えてください。

你要改搭<u>山手線</u>。

我想去上野。

A： 上野へ行きたいんですけど。
ueno e iki tain desukedo.

嗯，請搭橫須賀縣到東京，再改搭山手線。

B： ええと、横須賀線で東京まで行って、
山手線に乗り換えてください。
eeto, yokosukasen de tookyoo made itte,
yamanotesen ni norikaete kudasai.

日本生活小知識

日本電車遍佈日本列島，交通十分發達。從只有兩節車廂的地方電車，到最高運行時時速 300KM 的新幹線，應有盡有。不僅如此，有些電車，午夜還設有女性專用車廂。夏天還專為怕冷的乘客，設有弱冷氣車廂。

生活單字

● 我想到＿＿＿＿。

場所 ＋まで行きたいです。
made ikitai desu

新宿	台場
しんじゅく	だいば
新宿	**お台場**
shinjuku	o daiba

東京灣	淺草	東京鐵塔
とうきょうわん	あさくさ	とうきょう
東京湾	**浅草**	**東京タワー**
tookyoo wan	asakusa	tookyoo tawaa

富士電視	澀谷車站
	しぶ や えき
フジテレビ	**渋谷駅**
fuji terebi	shibuya eki

原宿車站	上野	銀座
はらじゅくえき	うえ の	ぎん ざ
原宿駅	**上野**	**銀座**
harajuku eki	ueno	ginza

青山一丁目	六本木
あおやまいっちょう め	ろっぽん ぎ
青山一丁目	**六本木**
aoyama icchoome	roppongi

羽田	品川
は ね だ	しながわ
羽田	**品川**
haneda	shinagawa

終點立川到了。
終点、立川です。
shuuten, tachikawa desu.

將要關門。
ドアが閉まります。
doa ga shimarimasu.

請往裡面走。
中ほどにお進みください。
naka hodo ni osusumi kudasai.

從這裡到新宿很遠嗎？
新宿はここから遠いですか。
shinjuku wa koko kara tooidesuka.

不遠，從這裡算起第三站喔。
いいえ、ここから三つ目ですよ。
iie, koko kara mittsume desuyo.

想去赤板。
赤坂まで行きたいです。
akasaka made iki tai desu

在哪裡下車好呢？
どこで降りればいいですか。
doko de orireba ii desuka

下一班電車幾點？
次の電車は何時ですか。
tsugi no densha wa nanji desuka

秋葉原車站會停嗎？
秋葉原駅にとまりますか。
akihabara eki ni tomarimasuka

> **不要造成別人困擾**
>
> 日本為了維護車廂安寧，而禁駛使用手機講電話。「不要造成別人困擾」是最基本的精神。

98

在品川車站換車嗎？
品川駅で乗り換えますか。
shinagawa eki de norikaemasuka

下一站是哪裡？
次の駅はどこですか。
tsugino eki wa doko desuka

在哪裡換車？
どこで乗り換えますか。
doko de norikaemasuka

這輛電車往東京嗎？
この電車は、東京に行きますか。
kono densha wa, tookyoo ni ikimasuka

請問，這輛電車停靠「駒澤大學」嗎？
すみません、この電車は「駒沢大学」
に止まりますか。
sumimasen, kono densha wa "komazawa daigaku"
ni tomarimasuka.

不，不停。
いえ、止まりません。
ie, tomarimasen.

這是快車。
これは急行です。
kore wa kyuukoo desu.

請搭慢車。
各駅停車に乗ってください。
kakueki teesha ni notte kudasai.

我想寄放行李。
荷物を預けたいのですが。
nimotsu o azuke taino desuga.

請利用那裡的投幣式自動保管箱。
あそこのコインロッカーを使ってください。
asoko no koin rokkaa o tsukatte kudasai.

請先投錢。
まずお金を入れてください。
mazu o kane o irete kudasai.

然後按密碼。
それから、暗証番号を入れてください。
sore kara, anshoo bangoo o irete kudasai.

好用單字		
車 kuruma	／車子	
新幹線 shinkansen	／新幹線	
電車 densha	／電車	
バス basu	／公車	
三輪車 sanrinsha	／三輪車	
連絡船 renraku sen	／連絡船	
タクシー takushii	／計程車	
パトカー patokaa	／警車	
消防車 shooboosha	／消防車	

好用單字		
バイク baiku	／機車	
自転車 jitensha	／腳踏車	
トラック torakku	／貨車	
船 fune	／船	
フェリー ferii	／遊艇	
飛行機 hikooki	／飛機	
ヘリコプター herikoputaa	／直昇機	
ボート booto	／小船	
モノレール monoreeru	／單軌電車	

Note 02

そのブザーを押してください。

按一下那個下車鈴。

32

對不起，剛才的廣播我聽不懂，區公所還沒到嗎？

A： ちょっとすみません。今の放送は分からなかったんですが、市役所はまだですか。

chotto sumimasen. ima no hoosoo wa wakaranakattandesuga, shiyakusho wa mada desuka.

啊，是下一站。你按一下那個下車鈴。

B： あ、次ですよ。そのブザーを押してください。

a, tsugi desuyo. sono buzaa o oshite kudasai.

日本生活小知識

在東京，電車沒有停站的地方，公車都會到。因此，搭公車可以走遍日本大街小巷，是另一種觀察日本庶民生活的好選項喔！日本公車車費有兩種，一種是不管搭乘距離多遠，都是一樣的車資。一種是按搭乘的距離收費。

Sentence 例句

公車站在哪裡？
バス停はどこですか。
basutee wa doko desuka

這台公車去東京車站嗎？
このバスは東京駅へ行きますか。
kono basu wa tookyoo eki e ikimasuka

有往澀谷嗎？
渋谷へは行きますか。
shibuya e wa ikimasuka

「代代木公園」在道路的對面。
「代々木公園」は通りの反対側ですよ。
"yoyogi kooen" wa toori no hantaigawa desuyo.

幾號公車能到？
何番のバスが行きますか。
nanban no basu ga ikimasuka

東京車站在第幾站？
東京駅はいくつ目ですか。
tookyoo eki wa ikutsume desuka

在哪裡下車呢？
どこで降りたらいいですか。
doko de oritara ii desuka

到了請告訴我。
着いたら教えてください。
tsuitara oshiete kudasai

多少錢？
いくらですか。
ikura desuka

車子停了，再離席下車

日本公車為了維護乘客安全，會不斷叮嚀，現在要轉彎啦！請抓住握！不要在公車移動時走動或更換坐位啦！等公車完全停止，再離席下車啦！

收一千塊日幣嗎？

1,000円札でいいですか。

sen'en satsu de ii desuka

請拿整理 。

整理券をお取りください。

seeriken o otori kudasai.

不好意思，我沒有零錢。

すみません、細かいのがないです。

sumimasen, komakaino ga naidesu.

請把千圓鈔插入這裡面。

ここに1,000円札を入れてください。

koko ni sen'en satsu o irete kudasai.

找的零錢就會出來。

おつりが出ます。

otsuri ga demasu

小孩多少錢？

子供はいくらですか。

kodomo wa ikura desuka

利用「月票」比較便宜

搭電車上班、上學可以利用「月票」，月票分1、3、6個月；至於公車，有些市營公車會發售區間的票價，乘坐全部路線的全程月票。

● 小知識

按距離收費公車，搭乘方法

上車後，先取一張整理券（上面會有數字），下車時看一下車子前面的電子板，上面會有 1,2,3…數字，數字下面有對應的車費，你的整理券是幾號，它所對應的數字，就是車資啦！ 如果忘記拿整理卷，就要支付從始發站起價的車費喔！

小孩子是半價，尾數四捨五入。

子供は半額で、端数は切り上げになります。

kodomo wa hangaku de, hasuu wa kiriage ni narimasu.

請車子停穩之後，再從座位上站起來。

バスが停車してから席をお立ちください。

basu ga teesha shite kara seki o otachi kudasai.

為了防止車內事故的發生，請停車時再更換座位。

車内事故防止のため、
席の移動は停車中にお願いします。

shanai jiko booshi no tame,
seki no idoo wa teesha chuu ni onegaishimasu.

請抓好。

おつかまりください。

otsukamari kudasai.

好用單字		
路線図 rosenzu	／路線圖
行き iki	／往
乗車券 jooshaken	／乘車券
ドア doa	／門

好用單字		
次 tsugi	／下一站
優先席 yuusen seki	／博愛座
つり革 tsurikawa	／吊環
揺れる yureru	／搖晃

Note 03

駅までお願いします。

我要到車站。

· · · · ·

③③

我要到車站。

A：駅までお願いします。
eki made onegaishimasu.

到車站是嗎。好的。

B：駅までですね。わかりました。
eki made desune. wakarimashita.

到了。一共 4,200 日圓。

着きました。4,200 円です。
tsukimashita. yonsen nihyaku en desu.

給你。

A：どうぞ。
doozo.

收您 5,000 日圓。找您 80 日圓。

B：5,000 円お預かりします。800 円のおつりです。
gosen'en oazukari shimasu. happyaku en no otsuri desu.

日本生活小知識

如果您在地圖上找不到自己要去的地方，因而不能搭電車或公車的話，可以選擇計程車，只是計程車花費比較高，還是能省則省吧！日本計程車的特色是左邊車門會自動打開，也會自動關閉，您完全不用動手喔！

實用單字

● 請到＿＿＿＿。
場所 ＋までお願いします。
made onegai shimasu

王子飯店	上野車站	這裡(拿紙給對方看)
プリンスホテル	上野駅 うえ の えき	ここ（紙を見せる） かみ み
purinsu hoteru	ueno eki	koko (kami o miseru)

成田機場	六本木hills	國立博物館
成田空港 なり た くうこう	六本木ヒルズ ろっぽん ぎ	国立博物館 こくりつはくぶつかん
narita kuukoo	roppongi hiruzu	kokuritsu hakubutsukan

Sentence 例句

 客人您是哪一國人？
お客さん、どちらから？
きゃく
okyakusan, dochirakara?

 請把我的行李放到後車箱。
荷物をトランクに入れてください。
に もつ い
nimotsu o toranku ni irete kudasai.

 到那裡要花多少時間？
そこまでどれくらいかかりますか。
soko made dore kurai kakarimasuka

 路上塞車嗎
道は混んでいますか。
みち こ
michi wa konde imasuka

106

請向右轉。
右に曲がってください。
migi ni magatte kudasai

前面右轉。
その先を右へ。
sono saki o migi e

請在第三個轉角左轉。
三つ目の角を左へ曲がってください。
mittsu me no kado o hidari e magatte kudasai

請在下一個轉角右轉。
次の角を右に曲がってください。
tsugi no kado o migi ni magatte kudasai.

請直走。
まっすぐ行ってください。
massugu itte kudasai

麻煩，請開快一點。
すみません、ちょっと急いでください。
sumimasen, chotto isoide kudasai.

要停在哪裡呢？
どのへんで止めますか。
dono hen de tomemasuka.

停在這附近就好嗎？
この辺でいいですか。
kono hen de iidesuka.

停在下一個紅綠燈附近就好。
この次の信号のあたりでいいです。
kono tsugi no shingoo no atari de iidesu.

請在那裡停車。
そこで止めてください。
soko de tomete kudasai

好的，就停這裡。
はい、けっこうです。
hai, kekkoodesu.

107

Note 04

この車を三日間レンタルしたいのですが。
這輛車我想租三天。

這輛車我想租三天。

A： この車を三日間レンタルしたいのですが。
kono kuruma o mikkakan rentaru shitainodesuga.

好的。請給我看您的駕照跟護照。

B： はい、運転免許証とパスポートを拝見します。
hai, unten menkyoshoo to pasupooto o haiken shimasu.

日本生活小知識

自 2007 年開始台日雙邊承認駕照，持有台灣駕照以及其翻譯就可以在日本開車了。日本在機場、各大城市、車站及重要旅遊區域附近，都有租車公司。大部分的車保養充分，而比較大廠的租車公司，車輛更新快、車型新。

我想租車。
車を借りたいです。
kuruma o karitai desu

我姓王，我有預約。
予約した王です。
yoyaku shita oo desu.

這是預約確認書。
こちら予約確認書です。
kochira yoyaku kakuninsho desu.

這是預約號碼。
これが予約番号です。
korega yoyaku bangoo desu.

這輛車我想租一天。
この車を1日借りたいです。
kono kuruma o ichinichi karitaidesu.

小型車比較好。
小型の車がいいです。
kogata no kuruma ga ii desu

請給我看您的駕照。
運転免許証を拝見します。
unten menkyoshoo o haiken shimasu.

你有日語翻譯的駕照嗎？
免許証の日本語訳を持ってい
ますか。
menkyoshoo no nihongoyaku o
motteimasuka.

租車手續

預約→出示預定單、
護照、駕照及信用卡
→出租公司說明租車
保險內容→確認車
型、費用等沒問題，
在租車單上簽名並預
刷卡→確認車輛外觀
沒問題，在確認書上
簽名→領取租車單。

保證金多少？
保証金はいくらですか。
hoshookin wa ikura desuka

有保險嗎？
保険はついていますか。
hoken wa tsuite imasuka

一天租金多少？
１日いくらですか。
ichinichi ikura desuka

門凹進去了。
ドアがへこんでいます。
doa ga hekonde imasu.

這裡有擦傷。
ここにキズがありますよ。
koko ni kizu ga arimasuyo.

請加滿普通汽油。
レギュラー満タンにしてください。
regyuraa mantan ni shite kudasai.

加滿油再還車是吧。
ガソリン満タンで返却するんですね。
gasorin mantan de henkyaku surundesune.

還車手續

在還車點附近，將油箱加滿並拿收據→按時到達還車地點→出示加油站收據，以方便確認加油時間→確認車輛外觀沒問題、無超時→拿收據。

● 小知識

在日本租車、開車，要注意：

日本車輛是靠左側行駛，方向盤在右側；2. 道路標誌一般是漢字，但有時也參雜假名跟英文的標注；3. 預先熟悉日本交通法規、瞭解道路狀況。租車通常不收現金，而是像飯店一樣預先刷卡，如果超時、沒有加滿油或車輛受損等，就會被追加費用。

最近的加油站在哪裡？
一番近いガソリンスタンドはどこですか。
ichiban chikai gasorin sutando wa doko desuka.

可以在機場還車嗎？
空港で返却できますか。
kuukoo de henkyaku dekimasuka.

請10點以前還車。
10時までにご返却ください。
juuji made ni go henkyaku kudasai.

傍晚還車。
夕方に返します。
yuugata ni kaeshimasu

給您，車子的鑰匙。
はい、車のキーです。
hai, kuruma no kii desu.

這台車還你。
この車を返します。
kono kuruma o kaeshimasu

車子故障了。
車が故障しました。
kuruma ga koshoo shimashita

好用單字		
レンタカー rentakaa	／租車	

好用單字		
注意 ちゅうい chuui	／注意	

国際運転免許証
こくさいうんてんめんきょしょう
kokusai unten menkyoshoo ／國際駕駛執照

安全運転
あんぜんうんてん
anzen unten ／安全開車

契約書
けいやくしょ
keeyakusho ／契約書

連絡先
れんらくさき
renraku saki ／聯絡處

パンク
panku ／破胎

スペアタイヤ
supea taiya ／備胎

Note 05

すみません、南口（みなみぐち）の交番（こうばん）はどこですか。

請問一下，南口的派出所在哪裡？

請問一下，南口的派出所在哪裡？

A： すみません、南口（みなみぐち）の交番（こうばん）はどこですか。
sumimasen, minamiguchi no kooban wa doko desuka.

嗯！走出剪票口，再往右走會有百貨公司。派出所在百貨公司的隔壁。

B： ええと、改札口（かいさつぐち）を出（で）て、右（みぎ）へ行（い）くとデパートが
あります。交番（こうばん）はデパートの隣（となり）にあります。
eeto, kaisatsuguchi o dete, migi e iku to depaato ga arimasu.
kooban wa depaato no tonari ni arimasu.

日本生活小知識

真的迷路了，就面帶笑容有禮貌地詢問日本人了。透過問路可以增強日語實力，
等於是直接跟日本人學日語啦！原汁原味的日語，很難得的。

實用單字

_____嗎？

名詞 ＋ は ＋ 形容詞 ＋ ですか。
      wa   desuka

車站／遠	那裡／近	那條道路／寬廣
駅（えき）／遠（とお）い	そこ／近（ちか）い	その道（みち）／広（ひろ）い
eki／tooi	soko／chikai	sono michi／hiroi

前往方式／困難	道路／容易辨認
行（い）き方（かた）／難（むずか）しい	道（みち）／わかりやすい
ikikata／muzu kashii	michi／wakari yasui

Sentence 例句

我迷路了。
道（みち）に迷（まよ）いました。
michi ni mayoi mashita

請告訴我車站怎麼走？
駅（えき）への道（みち）を教（おし）えてください。
eki eno michi o oshiete kudasai

請教一下嗎？
對不起，可以請教一下嗎？
すみませんが、ちょっと教（おし）えてください。
sumimasen ga, chotto oshiete kudasai

現在位置在這張地圖的哪裡呢？
今（いま）いるところはこの地図（ちず）のどこですか。
ima iru tokoro wa kono chizu no doko desuka.

去派出所問問看吧！
交番で聞いてみましょう。
kooban de kiite mimashoo.

這裡是幾樓？
ここは何階ですか。
koko wa nangai desuka.

這裡是地下一樓。
ここは地下1階です。
koko wa chika ikkai desu.

那棟大樓是什麼？
あのビルは何ですか。
ano biru wa nandesuka.

那是區公所。
あれは市役所です。
are wa shiyakusho desu.

南口在哪邊？
南口はどっちですか。
minamiguchi wa docchi desuka.

有百貨公司的那一邊。
デパートがある方です。
depaato ga aru hoo desu.

就在這前面喔！
すぐ、この先ですよ。
sugu, kono saki desuyo.

上野車站在哪裡？
上野駅はどこですか。
ueno eki wa doko desuka

新宿要怎麼走呢？
新宿は、どう行けばいいですか。
shinjuku wa, doo ikeba ii desuka

請沿這條路直走。
この道をまっすぐ行ってください。
kono michi o massugu itte kudasai

請在下一個紅綠燈右轉。
次の信号を右に曲がってください。
tsugi no shingoo o migi ni magatte kudasai

上野車站在左邊。
上野駅は左側にあります。
ueno eki wa hidarigawa ni arimsu

南邊是哪一邊？
南はどちらですか。
minami wa dochira desuka

自行車防犯登記

在日本買自行車時，必須要做防犯登記，費用是 500 日圓。購買時在自行車行辦理就可以了。

● 小知識

日本全國大移動

日本全國大移動的時間有 4 月 29 日到 5 月 5 日的、返鄉探親、旅行高峰的黃金週、8 月中旬的盂蘭盆節及年底新年，交通十分擁擠。

N o t e   0 1

お台場には、どうやって行きますか。

台場要怎麼去呢？

台場要怎麼去呢？

A： お台場には、どうやって行きますか。
o daiba niwa, doo yatte ikimasuka.

請在新橋改搭百合海鷗線。那裡算起第六站。

B： 新橋でゆりかもめに乗り換えてください。
そこから六つめです。
shinbashi de yurikamome ni norikaete kudasai.
soko kara muttsume desu.

日本生活小知識

在日本迷路時，可以到附近的派出所詢問警察。派出所裡都會有附近詳細的地圖。警察也會親切的教您如何到達目的地。

生活單字

● 請問，往<u>台場</u>的是這個月台嗎？

すみません、お台場<ruby>台<rt>だい</rt></ruby><ruby>場<rt>ば</rt></ruby>はこのホームですか。
sumimasen, odaiba wa kono hoomu desuka.

銀行／在車站前面
<ruby>銀行<rt>ぎんこう</rt></ruby>／<ruby>駅<rt>えき</rt></ruby>の<ruby>前<rt>まえ</rt></ruby>
ginkoo／eki no mae

緊急出口／這裡
<ruby>非常口<rt>ひ じょうぐち</rt></ruby>／ここ
hijooguchi／koko

廁所／哪裡
トイレ／どこ
toire／doko

小賣店／哪裡
<ruby>売店<rt>ばいてん</rt></ruby>／どちら
baiten／dochira

● 請給我到名古屋的<u>車票</u>。

<ruby>名古屋<rt>な ご や</rt></ruby>までの<ruby>乗車券<rt>じょうしゃけん</rt></ruby>をください。
nagoya made no jooshaken o kudasai.

特急票
<ruby>特急券<rt>とっきゅうけん</rt></ruby>
tokkyuuken

回數票
<ruby>回数券<rt>かいすうけん</rt></ruby>
kaisuuken

月票
<ruby>定期券<rt>てい き けん</rt></ruby>
teekiken

學生月票
<ruby>学割券<rt>がくわりけん</rt></ruby>
gakuwariken

來回票
<ruby>往復乗車券<rt>おうふくじょうしゃけん</rt></ruby>
oofuku jooshaken

周遊券
<ruby>周遊券<rt>しゅうゆうけん</rt></ruby>
shuuyuuken

實用單字

● 請在品川換車。
しながわ の か
品川で乗り換えてください。
shinagawa de norikaete kudasai.

新宿	東京	渋谷	京都
しんじゅく	とうきょう	しぶや	きょうと
新宿	**東京**	**渋谷**	**京都**
shinjuku	tookyoo	shibuya	kyooto

大阪	九州
おおさか	きゅうしゅう
大阪	**九 州**
oosaka	kyuushuu

Sentence 例句

請問一下。
うかが
あのう、ちょっと伺いますが。
anoo, chotto ukagaimasuga.

請問，這是山手線嗎？
やまのてせん
あのう、これは山手線ですか。
anoo, kore wa yamanotesen desuka.

往橫濱的電車是哪一輛？
よこはま ゆ でんしゃ
横浜行きの電車はどれですか。
yokohama yuki no densha wa dore desuka.

不，這是中央線。
ちゅうおうせん
いえ、これは中央線です。
ie, kore wa chuuoosen desu.

嗯！往橫濱的在一號月台。

ええと、横浜行きは、1番ホームです。

eeto, yokohama yuki wa, ichiban hoomu desu.

Narita-Express跟Skyliner，那種電車比較快到呢？

成田エクスプレスとスカイライナーと、どちらが早く着きますか。

narita ekusupuresu to sukai rainaa to, dochira ga hayaku tsukimasuka.

在御茶水換車比較方便喔！

御茶ノ水で乗り換えるのが便利ですよ。

ochanomizu de norikaeruno ga benri desuyo.

請問，可以用悠遊卡嗎？

あのう、Suica使えますか。

anoo, suika tsukaemasuka.

很抱歉，不能使用。

すみません、ご利用いただけません。

sumimasen, go riyoo itadakemasen.

請坐山手線到品川，然後轉搭東海道線。

山手線で、品川まで行って、
東海道線に乗り換えてください。

yamanotesen de, shinagawa made itte,
tookaidoosen ni norikaete kudasai.

到哪裡要花多少時間？

そこまでどのくらいかかりますか。

soko made dono kurai kakarimasuka.

大約十分鐘到達。

10分ぐらいで着きます。

juppun gurai de tsukimasu.

我明白了，謝謝您！

わかりました。ありがとうございました。

wakarimashita. arigatoo gozaimashita.

Note 01

ここはどうですか。新(あたら)しいマンションですよ。

這裡如何？新的公寓大廈喔！

這裡如何？新的公寓大廈喔！

A： ここはどうですか。新(あたら)しいマンションですよ。
koko wa doo desuka. atarashii manshon desuyo.

啊！很漂亮啊！

B： あ、立派(りっぱ)ですね。
a, rippa desune.

日本生活小知識

租房子，首先考慮的是租金，接下來是希望條件。至於怎麼收集情報呢？首先，當然是詢問認識的人，例如前輩、朋友、親戚囉！接下來，問學校或是上網，看留學生情報誌。最後，直接到不動產公司，看房屋出租廣告，方法很多。

生活單字

● 有<u>房間</u>嗎？

部屋がありますか。
heya ga arimasuka.

木造公寓	透天厝	鋼筋水泥公寓	組合式公寓
アパート	一軒屋 いっけんや	マンション	コーポ
apaato	ikken'ya	manshon	koopo

● 6疊大小一房。

6畳の一間です。
じょう　ひとま
rokujo no hitoma desu.

		4疊	8疊
		4畳 よんじょう	8畳 はちじょう
		yon joo	hachi joo

1 2疊	5坪
1 2畳 じゅうにじょう	5坪 ごつぼ
juuni joo	go tsubo

1 2平方公尺	2 4平方公尺
12平方メートル へいほう	24平方メートル へいほう
12 heehoo meetoru	24 heehoo meetoru

廚房	浴室
台所 だいどころ	お風呂 ふろ
daidokoro	ofuro

● 沒有附廁所。

トイレがついていません。
toire ga tsuite imasen.

冷氣	家具	電視	電話
クーラー	家具 かぐ	テレビ	電話 でんわ
kuuraa	kagu	terebi	denwa

實用單字

● 附近有超市。
近<ruby>く<rt>ちか</rt></ruby>にスーパーがあります。
chikaku ni suupaa ga arimasu.

地鐵 地下鉄 chikatetsu	公車站 バス停 basutee	醫院 病院 byooin	洗衣店 クリーニング kuriiningu
便利商店 コンビニ konbini	學校 学校 gakkoo	銀行 銀行 ginkoo	郵局 郵便局 yuubinkyoku

Sentence 例句

我在找木造公寓。
アパートを探しているのですが。
apaato o sagashite iru no desuga

你預算多少呢？
ご予算はいくらですか。
go yosan wa ikura desuka.

5萬日圓左右。
5万円くらいです。
go man'en kurai desu.

這個房間如何呢？
この部屋はどうですか。
kono heya wa doo desuka.

122

一間和室六疊。
6畳一間です。
roku joo hitoma desu.

12疊有廚房跟廁所。
12畳に台所とトイレがついています。
juuni joo ni daidokoro to toire ga tsuite imasu.

有浴室跟廁所。
バスとトイレは付いています。
basu to toire wa tsuite imasu.

沒有浴室。
お風呂はついていません。
o furo wa tsuite imasen.

附近有公共澡堂。
近くに銭湯があります。
chikaku ni sentoo ga arimasu.

很便宜離車站又近喔！
安くて駅から近いですよ。
yasukute eki kara chikaidesuyo.

日本不動產的出租廣告
一般都有出租房屋價格，跟房間示意圖。不動產大都在車站前面。

 ● 小知識

租金跟租房標準條件有哪些
可以租多少錢的房子，那就從扣掉自己的吃飯錢、書籍、水電、通信等生活必須費用，來確定囉！至於希望條件，就從房間大小、廚房及廁所的有無、交通的便利性等優先順序來尋找了。

離小學很近嗎？
小学校は近いですか。
shoogakkoo wa chikaidesuka.

超商跟郵局就在附近。
すぐそばにコンビニや郵便局があります。
sugu soba ni konbini ya yuubinkyoku ga arimasu.

是朝南的房間。
南向きのお部屋です。
minami muki no o heya desu.

離車站有些遠，但是公車站就在家門前。
駅はちょっと遠いですが、バス停は家の前です。
eki wa chotto tooidesuga, basutee wa ie no mae desu.

因為靠近車站，很方便喔！
駅に近いから、便利ですよ。
eki ni chikai kara, benri desuyo.

又新又寬喔！
新しくて広いですよ。
atarashikute hiroi desuyo.

不錯的房間喔！
いい部屋ですよ。
ii heya desuyo.

房租要多少？
家賃はいくらですか。
yachin wa ikura desuka.

一個月六萬日圓。
ひと月、6万円です。
hitotsuki, rokuman'en desu.

要禮金跟押金嗎？
礼金と敷金はいりますか。
reekin to shikikin wa irimasuka.

押金的作用

租屋期間，如果損壞
或弄髒房子，就會被
扣除押金做為賠償。
因此，搬離時，最好
把房子打掃乾淨！

押金要兩個月，但不要禮金。

敷金は2か月いりますが、
礼金はいりません。

shikikin wa nikagetsu irimasuga,
reekin wa irimasen.

押金要兩個月。

敷金は2か月です。

shikikin wa mikagetsu desu.

押金以後會退回來。

敷金はあとで返ってきます。

shikikin wa atode kaette kimasu.

好像不錯。

よさそうですね。

yosasoodesune.

一定要實地看房

房子的內部照片，都會最大限度表現出寬敞跟明亮來。而且實際看房才能知道周遭的環境。

我想看一下房子。

中が見たいです。

naka ga mitaidesu.

那麼，讓想看一下房子。

では、部屋を見せてください。

dewa, heya o misete kudasai.

有沒有再便宜點的房間？

もっと安い部屋はありませんか。

motto yasui keya wa arimasenka.

● 小知識

用照片保留房子最原始現況

由於損壞或弄髒房子，就會被扣除押金。所以請在搬進去之前拍下房子最原始現況做以後搬離時的證明「げんじょうかいふくぎむ（原狀回復義務）」（日本民法第545、546條規定）。另外，如果沒有經過房東的許可，是不可以擅自改變房間格局的。

有沒有便宜點的房子

Note 02

ペットは飼っても大丈夫ですか。

可以養寵物嗎？

可以養寵物嗎？

A：ペットは飼っても大丈夫ですか。
petto wa kattemo daijoobudesuka.

規定是不可以的。

B：不可となっています。
fuka to natte imasu.

日本生活小知識

租屋要注意的有：確認廚房的大小，用起來是否方便；騎自行車 10 分鐘就能
到商店街；到學校或上班地點的距離在一個小時以內；到最近的車站在 20 分
鐘以內；附近有便利商店；附近有無醫院跟藥房。

生活單字

● 「2LDK」是什麼意思？
「２ＬＤＫ」って？
"ni erudiikee" tte?

押2
敷2
しき に
shiki ni

禮1
礼1
れい
ree ichi

西式房間
洋間
よう ま
yooma

和室
和室
わ しつ
washitsu

水沖
水洗
すいせん
suisen

走路五分
徒歩5分
と ほ ふん
toho gofun

● 電費另付。
電気代は別に払います。
でん き だい べつ はら
denkidai wa betsu ni haraimasu.

瓦斯費
ガス代
だい
gasudai

水費
水道料金
すいどうりょうきん
suidoo ryookin

公共費用
共益費
きょうえき ひ
kyooekihi

管理費
管理費
かん り ひ
kanrihi

附廁所
トイレ付
つき
toire tsuki

● 也有附浴室的房子喔！
風呂付きの部屋もありますよ。
ふ ろ つ へ や
furotsuki no heya mo arimasuyo.

附淋浴
シャワールーム付
つき
shawaa ruumu tsuki

附家具
家具付
か ぐ つき
kagu tsuki

附冷氣
クーラー付き
つき
kuuraa tsuki

Sentence 例句

「便所」是廁所的意思。

「便所」はトイレのことです。
"benjowa" toire no kotodesu.

緣側是走廊的意思。

縁側とは、廊下のことです。
engawa towa, rooka no kotodesu.

「禮2」是指禮金為2個月的房租。

「礼2」は礼金が2か月分の家賃のことです。
"ree ni" wa reekin ga nikagetsu bun no yachin no koto desu.

房東人很好喔！

大家さんはいい人ですよ。
ooya san wa iihito desuyo.

這是房東的電話。

これが大家さんの電話番号です。
kore ga ooya san no denwa bangoo desu.

這是那間公寓的地圖。

これがそのアパートの地図です。
kore ga sono apaato no chizu desu.

禮金會退回來嗎？

禮金是不會退回的。
但，最近也有一些房子
不收禮金，甚至不收押
金的喔！

Note 03

この部屋はいかがですか。

這個房間怎麼樣？

這個房間怎麼樣？

A： この部屋はいかがですか。

kono heya wa ikaga desuka.

讓我想一下。我要這租一間。

B： そうですね、この部屋にします。

soo desune, kono heya ni shimasu.

日本生活小知識

簽契約時，要認真閱讀、理解合約。要確認除了房租以外，每月還需要付哪些
費用。除此之外，還要有日本籍的保證人，保證人可以拜託學校或公司。也有
付錢給保證公司的作法。

生活單字

● 我要更**便宜**的。
もっと安いのがほしいんです。
motto yasuino ga hoshiin desu.

寬敞的	明亮的	大的	近的
ひろ	あか	おお	ちか
広い	**明るい**	**大きい**	**近い**
hiroi	akarui	ookii	chikai

● 請在這裡填上**住址**。
ここにご住所を書いてください。
koko ni go juusho o kaite kudasai.

生活單字

姓名	電話號碼	出生年月日	通訊處
な まえ	でん わ ばんごう	せいねんがっ ぴ	れんらくさき
お名前	**お電話番号**	**生年月日**	**連絡先**
o namae	o denwa bangoo	seenengappi	renrakusaki

Sentence 例句

這樣寫可以嗎？
これはいかがですか。
kore wa ikaga desuka.

我決定要這間。
これに決めます。
kore ni kimemasu.

不好意思，我要考慮一下。
すみませんが、ちょっと考えますので。
sumimasenga, chotto kangaemasunode.

不好意思，這間不要了。
すみませんが、ここはやめます。
sumimasenga, koko wa yamemasu.

我是房東，我姓山田。
大家の山田と申します。
ooya no yamada to mooshimasu.

訂契約之前，讓我來說明一下。
契約の前にご説明いたします。
keeyaku no mae ni go setsumee itashimasu.

租約是一年。
契約期間は1年です。
keeyaku kikan wa ichinen desu.

房租什麼時候支付呢？
家賃はいつ払いますか。
yachin wa itsu haraimasuka.

房租麻煩用銀行轉帳。
家賃は銀行振込みでお願いします。
yachin wa ginkoo furikomi de onegai shimasu.

電話費可以在超商繳納。
コンビニで電話代を払うことができますよ。
konbini de denwadai o harau koto ga dekimasuyo.

麻煩也要保火險。
火災保険にも入っていただきます。
kasai hoken nimo haitte itadakimasu.

不可以養寵物。
ペットは禁止です。
petto wa kinshi desu.

請簽契約。
契約書をどうぞ。
keeyakusho o doozo.

請在下面蓋章。
下に印鑑をお願いします。
shita ni inkan o onegai shimasu.

N o t e   0 1

ゴミの出し方を教えてください。

請告訴我什麼時候扔垃圾。
‧ ‧ ‧ ‧ ‧ ‧ ‧ ‧ ‧ ‧ ‧

請告訴我什麼時候扔垃圾。

A： ゴミの出し方を教えてください。
gomi no dashikata o oshiete kudasai.

星期一、三、五扔可燃垃圾。請在早上拿到公寓大廈前面。

B： 燃えるゴミは月、水、金です。
朝、マンションの前に出してください。
moeru gomi wa gessuikin desu.
asa, manshon no mae ni dashite kudasai.

日本生活小知識

日本為了徹底分清垃圾的種類，倒垃圾都使用專用透明塑膠垃圾袋。至於大宗垃圾如冰箱、電視機等，就必須通知資源回收中心來回收，而且要付一定的費用喔！

生活單字

● 垃圾不要丟在這裡。

ここに<u>ごみ</u>を<u>捨</u>てないでください。
koko ni gomi o sutenaide kudasai.

空罐
空き缶
akikan

舊報紙
古新聞
furushibun

可燃垃圾
燃えるごみ
moeru gomi

不可燃垃圾
燃えないごみ
moenai gomi

廚餘
生ごみ
namagomi

大型垃圾
粗大ごみ
sodai gomi

● 不可以丟垃圾。

ごみを<u>捨</u>ててはいけません。
gomi o sutetewa ikemasen.

瓶子
瓶
bin

塑膠袋
ビニール
biniiru

塑膠
プラスチック
purasuchikku

舊雜誌
古雑誌
furuzasshi

週二、週四
火、木
ka, moku

● 可燃垃圾在<u>週一</u>、<u>週三</u>、<u>週五</u>丟。

燃えるゴミは月、水、金です。
moeru gomi wa getsu, sui, kin desu.

週一、週五
月、金
getsu, kin

星期六
土曜日
doyoobi

第二、第四週的星期二早上
第2、第4火曜日の朝
daini, daiyon kayoobi no asa

有沒有便宜點的房子

133

請教我怎麼丟垃圾。
ゴミの出し方を教えてください。
gomi no dashikata o oshiete kudasai.

垃圾請分類丟。
ゴミは分別して出してください。
gomi wa bunbetsushite dashite kudasai.

什麼時候拿出去呢？
いつごろ出せばいいですか。
itsu goro daseba ii desuka.

我想八點左右就可以了。
8時ごろでいいと思います。
hachiji goro de ii to omoimasu.

什麼時候拿出去呢？
なるべく朝出してください。
narubeku asa dashite kudasai.

什麼是不可燃垃圾？
燃えないゴミって何ですか。
moenai gomitte nan desuka.

瓶或罐、塑膠等是不可燃垃圾。
缶や瓶、ビニールなどが燃えないゴミです。
kan ya bin, biniiru nado ga moenai gomi desu.

其他是可燃垃圾。
あとは燃える方です。
ato wa moeru hoo desu.

瓶子跟寶特瓶可以一起丟嗎？
瓶とペットボトルをいっしょに捨ててもいいですか。
bin to petto botoru o issho ni sutetemo ii desuka.

破瓶子是不可燃垃圾。
割れた瓶は、燃えないゴミです。
wareta bin wa, moenai gomi desu.

藥瓶不是資源回收垃圾。
薬の瓶は、資源ゴミではありません。
kusuri no bin wa, shigen gomi dewa arimasen.

請裝在市指定垃圾袋裡面，再拿出來丟。
市の指定ゴミ袋に入れて出してください。
shi no shitee gomibukuro ni irete dashite kudasai.

垃圾場在停車場前面。
ゴミ置き場は駐車場の前です。
gomi okiba wa chuushajoo no mae desu.

垃圾請不要在丟這裡。
ここにゴミを捨てないでください。
koko ni gomi o sutenaide kudasai.

這附近有許多烏鴉，垃圾常會被翻弄。
この辺はカラスが多くて、よく散らかされます。
kono hen wa karasu ga ookute, yoku chirakasaremasu.

家電、家具用撿的就有啦
大宗垃圾中，有許多家電和家具都還可以用，所以許多人會撿回家使用。但是最近有些地方，是禁止撿走的喔。

● 小知識

各自有各自的規定
日本各市區町村就垃圾跟資源回收的分類及倒垃圾時間，都已有規定。請務必按照各地區規定的日期，將垃圾放在規定地點，讓垃圾車拉走。

Note 01

はじめまして、田中と申します。よろしくお願いします。

幸會，敝姓田中。請多指教。

幸會，敝姓田中。請多指教。

A： はじめまして、田中と申します。よろしくお願いします。
hajimemashite, tanaka to mooshimasu. yoroshiku onegai shimasu.

啊！你好。我是早稻田大學的小川。請多多關照。

B： あ、どうも。早稲田大学の小川です。
よろしくお願いします。
a, doomo. waseda daigaku no ogawa desu. yoroshiku onegai shimasu.

日本生活小知識

剛搬新家，三天左右就可去拜訪新的左右鄰居。打招呼時最好準備一份 500 到 1,000 日圓的禮物，以聊表你的心意。至於跟幾家打招呼呢？大約十家就可以了吧！

生活單字

● 幸會，我姓林。

はじめまして、林です。
hajimemashite, rin desu.

李 り **李** ri	田中 た なか **田中** tanaka	山田 やま だ **山田** yamada	喬治 **ジョージ** jooji

● 幸會，敝姓田中。請多指教。

はじめまして、田中と申します。
た なか　　　もう
hajimemashite, tanaka to mooshimasu.

よろしくお願いします。
ねが
yoroshiku onegai shimasu.

金 キム **金** kimu

鈴木 すず き **鈴木** suzuki

佐藤 さ とう **佐藤** satoo	哈里 **ハリー** harii

Sentence 例句

你好。

こんにちは。
konnichiwa.

有人在嗎？

ごめんください。
gomenkudasai.

哪位啊？

どなたですか。
donata desuka.

我是剛搬來的，敝姓楊。

今度、引っ越してきました。楊です。
kondo, hikkoshite kimashita. yoo desu.

「楊」是楊貴妃的「楊」。住在208室。

「楊」は、楊貴妃の「楊」。
208号室に住んでいます。
"yoo" wa, yookihi no "yoo".
ni maru hachi goos itsu ni sunde imasu.

這位是我妹妹美鈴。

これは妹の美鈴です。
kore wa imooto no misuzu desu.

高橋小姐，這是內人美惠。

高橋さん、こちらは妻の美惠です。
takahashi san, kochira wa tsuma no mie desu.

美惠小姐啊？字怎麼寫？

美惠さん？　どういう字ですか。
mie san? doo iu ji desuka.

美麗的美跟恩惠的惠。

美しいに恵みと書きます。
utsukushii ni megumi to kakimasu.

內子承蒙您多方的關照了。

いつも夫がお世話になっております。
itsumo otto ga osewa ni natte orimasu.

這是不成敬意的禮物，請您收下。

これ、つまらないものですが、どうぞ。
kore, tsumaranai mono desuga, doozo.

138

哎呀，您這麼客氣。
これはこれは、ご丁寧に。
korewa korewa, go teenee ni.

謝謝你。
ありがとうございます。
arigatoo gozaimasu.

今後也請多多指教。
これからもよろしくお願いします。
korekara mo yoroshiku onegai shimasu.

我才要請您多指教。
こちらこそ、よろしく。
kochirakoso, yoroshiku.

你習慣日本了嗎？
日本には慣れましたか。
nihon niwa naremashitaka.

是的，託您的福。
はい、おかげさまで。
hai, okagesama de.

沒有，還沒有。
いえ、まだちょっと。
ie, mada chotto.

那麼，我告辭了。
では、失礼します。
dewa, shitsuree shimasu.

最近涼快多了。
だいぶ涼しくなってきましたね。
daibu suzushiku natte kimashitane.

天氣感覺很舒服是吧。
過ごしやすくなりましたね。
sugoshi yasuku narimashitane.

我走了。
行ってきます。
ittekimasu.

139

Note 02

王です。台湾からの留学生です。

我姓王。我是從台灣來的留學生。

我姓王。我是從台灣來的留學生。

A： 王です。台湾からの留学生です。

oo desu. taiwan kara no ryuugakusee desu.

我姓金，是 2 年 3 組的。我是從韓國來的留學生。

B： 2年3組の金です。韓国からの留学生です。

ninen sangumi no kimu desu. kankoku kara no ryuugakusee desu.

日本生活小知識

初次跟對方見面，簡單的自我介紹之後，您當然也可以在後面加上自己專屬的介紹用語，來增加別人對您的印象。例如現在日本年輕人聯誼時，多半還會再說明自己的興趣或是專長。

生活單字

● 我是早稻田大學的高橋。
わせだだいがく たかはし
早稲田大学の高橋です。
waseda daigaku no takahashi desu.

一年二班
ねん くみ
1年2組
chi nen ni kumi

新生
しんにゅうせい
新入生
shinnyuusee

學弟
こうはい
後輩
koohai

隔壁班的
となり
隣のクラス
tonari no kurasu

● 我是日本人。
わたし に ほんじん
私は日本人です。
watashi wa nihonjin desu.

台灣人
たいわんじん
台湾人
taiwanjin

韓國人
かんこくじん
韓国人
kankoku jin

美國人
じん
アメリカ人
amerikajin

中國人
ちゅうごくじん
中国人
chuugokujin

● 這位是田中先生。
た なか
こちらは田中さんです。
kochira wa tanaka san desu.

史密斯小姐
スミス
sumisu

阿里先生
アリ
ari

塔瓦先生
タワー
tawaa

木村小姐
き むら
木村
kimura

實用單字

● 我是關西人。
わたし かんさいしゅっしん
私は関西出身です。
watashi wa kansai shusshin desu.

伊豆半島 い ず はんとう **伊豆半島** izu hantoo	韓國 かんこく **韓国** kankoku
夏威夷 **ハワイ** hawai	千葉大學（畢業的） ち ば だいがく **千葉大学** chiba daigaku

Sentence 例句

我姓李。請多指教。
わたし り
私は李です。どうぞよろしく。
watashi wa ri desu. doozo yoroshiku.

我姓金。請多指教。
キム
金です。よろしくお願いします。
ねが
kimu desu. Yoroshiku onegai shimasu.

您是哪國人？
くに
お国はどちらですか。
okuni wa dochira desuka.

台灣。
たいわん
台湾です。
taiwan desu.

李小姐，這位是早稻田大學的田中先生。
李さん、こちらは早稲田大学の田中さんです。
ri san, kochira wa waseda daigaku no tanaka san desu.

我是田中。請多指教。
田中です。どうぞよろしく。
tanaka desu. doozo yoroshiku.

這位是李小姐。（手指李）
李さんです。
ri san desu.

我姓李。請多指教。
李です。どうぞよろしく。
ri desu. doozo yoroshiku.

早！
おはよう。
ohayoo.

再見。
さようなら。
sayoonara.

分到幾班了？
何組になった？
nankumi ni natta?

自我介紹的不同

中文裡作自我介紹時，習慣將姓名一起說出來，但是日語一般只說姓就可以了。

你好啊

Note 03

お出かけですか。

你要出門呀！

你要出門呀！

A：お出かけですか。
odekakedesuka.

是啊！我去趟銀行。

B：ええ、ちょっと銀行まで。
ee, chotto ginkoo made.

日本生活小知識

跟日本人聊天，很重要的是「あいづち」（附和）。這個字的意思是，聽對方說話時，適當地加以回應，讓對方心情愉快的說話，設身處地聽對方說，設身處地說給對方聽。想學好日文，練習恰到好處的回應方式，也很重要喔！

生活單字

● 今天真是熱啊！
今日は<ruby>暑<rt>あつ</rt></ruby>いですね。
<ruby>今日<rt>きょう</rt></ruby>は暑いですね。
kyoo wa atsui desune.

冷	涼快	溫暖	好天氣
<ruby>寒<rt>さむ</rt></ruby>い	<ruby>涼<rt>すず</rt></ruby>しい	<ruby>暖<rt>あたた</rt></ruby>かい	いい<ruby>天気<rt>てんき</rt></ruby>
samui	suzushii	atatakai	i tenki

● 我是學生。
<ruby>私<rt>わたし</rt></ruby>は<ruby>学生<rt>がくせい</rt></ruby>です。
watashi wa gakusee desu.

		醫生	上班族
		<ruby>医者<rt>いしゃ</rt></ruby>	<ruby>会社員<rt>かいしゃいん</rt></ruby>
		sha	kaishain

沒有職業	主婦
<ruby>無職<rt>むしょく</rt></ruby>	<ruby>主婦<rt>しゅふ</rt></ruby>
mushoku	shufu

超商打工	我在銷售車子。
スーパーでパートをし	<ruby>自動車<rt>じどうしゃ</rt></ruby>のセールスをしています。
suupaa de paato o shi	jidoosha no seerusu o shite imasu.

車站賣報紙
<ruby>駅<rt>えき</rt></ruby>で<ruby>新聞<rt>しんぶん</rt></ruby>を<ruby>売<rt>う</rt></ruby>っ
eki de shinbun o ut

NKK工作	做中文翻譯
NKKに<ruby>勤<rt>つと</rt></ruby>め	<ruby>中国語<rt>ちゅうごくご</rt></ruby>の<ruby>翻訳<rt>ほんやく</rt></ruby>をやっ
enuke kee ni tsutome	chuugokugo no honyaku o yat

一番一番。
どちらへ？
dochira e?

是啊！出去一下。
ええ、ちょっとそこまで。
ee, chotto sokomade.

唉唷，今天打扮得真是漂亮啊！
あら、今日はおめかししてますね。
ara, kyoo wa omekashi shitemasune.

林先生住208室對吧！
林さんは２０８号室ですよね。
rin san wa ni maru hachi gooshitsu desu yone.

這是傳閱板報。
回覧板です。
kairanban desu.

回覽板

就是將當地政府的宣傳及社區聯絡事情，用版報傳閱的方式，來通知所有居民啦！

天氣真好啊！
いい天気ですね。
ii tenki desune.

天氣真熱啊！
暑いですね。
atsui desune.

今天風真強呢！
今日は風が強かったですね。
kyoo wa kaze ga tsuyokatta desune.

天氣越來越不好了。
天気が悪くなってきましたね。
tenki ga waruku natte kimashitane.

路上小心啊！

お気<ruby>き</ruby>をつけて、いってらっしゃい。

o ki o tsukete, itterasshai.

我回來了。

ただいま。

tadaima.

回來啦！

お帰<ruby>かえ</ruby>りなさい。

okaeri nasai.

誰回來啦！
「ただいま」是「我回來了」；「お帰りなさい」是「你回來啦」。

● 小知識

日本人都不表達自己的意見嗎？

日本人並非全然不表達自己的想法，而是他們表達的方式非常含蓄，尤其是對於負面的評價，態度非常溫和、語帶保留，目的是不想使對方感到太過沮喪，導致談話氣氛緊張或是氣氛低落，或是使得第三者處境尷尬。

總而言之，是一種顧全大局、避免給別人造成困擾的作法。一開始與日本人聊天時也許會有些迷惑，可能會覺得弄不清楚對方的想法，但是只要仔細觀察，就可以理解出日本人獨特的表達方式。

實用單字

● 您籍貫哪裡啊？
ご出身はどちらですか。
goshusshin wa dochira desuka.

國家 お国 okuni	出生 生まれ umare
住 お住まい o sumai	工作（在） お仕事 o shigoto

Sentence 例句

台灣真是好地方呢！
台湾はいいところですね。
taiwan wa ii tokoro desune.

我去過台灣旅行。
私は台湾へ旅行したことがあります。
watashi wa taiwan e ryokoo shita koto ga arimasu.

東西又好吃，人們又很親切。
食べ物はおいしいし、人々が親切でした。
tabemono wa oishii shi, hitobito ga shinsetsu deshita.

香蕉很有名吧！
バナナが有名ですよね。
banana ga yuumee desuyone.

不好意思，那是在哪邊啊？
すみません、それはどの辺りですか。
sumiamsen, sore wa dono atari desuka.

從這裡要花多少時間呢？
ここから何時間ぐらいですか。
koko kara nanjikan gurai desuka.

啊！沒去過那裡。
あー、行ったことないです。
aa, itta koto naidesu.

MEMO

Note 01

おすすめのエアコンはどれですか。

你推薦哪一家的冷氣？

你推薦哪一家的冷氣？

A：おすすめのエアコンはどれですか。
osusume no eakon wa dore desuka.

嗯！這一家的如何？清掃很方便的。

B：ええと、こちらはいかがでしょう。
そうじ かんたん
掃除が簡単です。
eeto, kochira wa ikagadeshoo. sooji ga kantan desu.

日本生活小知識

日幣大貶，到日本當然就想搶購電器！象印電子鍋、微波爐、蘋果電腦、掃地機器人、涼暖氣流電風扇，當然各種美容神器一定少不了。但是 8％ 的消費稅太貴了。如何省錢，有些商店在某期間，可以利用悠遊卡、官網折扣券、刷 VISA 卡，就能讓您免稅再享 5％ 的優惠。

生活單字

● 這是電視。

これはテレビです。
kore wa terebi desu.

筆記型電腦

ノートパソコン
nooto pasokon

手機

携帯電話
けいたいでん わ
keetai denwa

MP3

MP3
emu pii surii

軟體

ソフト
sofuto

● 給我看那雙鞋。

あの靴を見せてください。
くつ み
ano kutsu o misete kudasai.

皮包

かばん
kaban

裙子

スカート
sukaato

褲子

ズボン
zubon

帽子

帽子
ぼう し
booshi

領帶

ネクタイ
nekutai

錢包

財布
さい ふ
saifu

● 給我那個。

それをください。
sore o kudasai.

雨傘

かさ
kasa

靴子

ブーツ
buutsu

Sentence 例句

歡迎光臨。
いらっしゃいませ。
irasshaimase.

您在找什麼呢？
何かお探しですか。
nanika osagashidesuka.

沒有，我只是看看而已。
いえ、見ているだけです。
ie, miteiru dake desu.

有需要我服務的地方，再叫我一聲。
何かございましたらお声がけください。
nanika gozaimashitara okoegake kudasai.

您要什麼樣的呢？
どういうのがいいですか。
doo iu no ga iidesuka.

我要輕的。
軽いのがいいです。
karuino ga iidesu.

讓我看一下。
ちょっと見せてください。
chotto misete kudasai.

您請看。
はい、どうぞ。
hai, doozo.

有不同顏色的嗎？
ちがう色はありますか。
chigau iro wa arimasuka.

省錢撇步再升級

有些電器商店，也可以利用樂天信用卡、阪神一日券、東京地鐵車票，再加護照，照樣免稅再享幾％的優惠喔！

152

有大一點的嗎？
もっと<ruby>大<rt>おお</rt></ruby>きいのがありますか。
motto ookiino ga arimasuka.

我去看一下庫存。
<ruby>在庫<rt>ざいこ</rt></ruby>を<ruby>見<rt>み</rt></ruby>て<ruby>参<rt>まい</rt></ruby>ります。
zaiko o mite mairimasu.

這個，使用方法很複雜嗎？
これは、<ruby>使<rt>つか</rt></ruby>い<ruby>方<rt>かた</rt></ruby>が<ruby>難<rt>むずか</rt></ruby>しいですか。
kore wa, tsukaikata ga muzukashiidesuka.

不會的，很簡單的。
いえ、けっこう<ruby>簡単<rt>かんたん</rt></ruby>です。
ie, kekkoo kantan desu.

這邊比較好。
こっちの<ruby>方<rt>ほう</rt></ruby>がいいです。
kocchi no hoo ga iidesu.

功能增強約有一倍喔！
<ruby>機能<rt>きのう</rt></ruby>は<ruby>倍<rt>ばい</rt></ruby>くらいありますよ。
kinoo wa bai kurai arimasuyo.

按這裡溫度就會下降了。
ここを<ruby>押<rt>お</rt></ruby>すと<ruby>温度<rt>おんど</rt></ruby>が<ruby>下<rt>さ</rt></ruby>がります。
koko o osu to ondo ga sagarimasu.

這個往左一轉，聲音就會變大。
これを<ruby>左<rt>ひだり</rt></ruby>に<ruby>回<rt>まわ</rt></ruby>すと、<ruby>音<rt>おと</rt></ruby>が<ruby>大<rt>おお</rt></ruby>きくなります。
kore o hidari ni mawasu to, oto ga ookiku narimasu.

這個手機，可以玩各種遊戲。
このケータイは、いろいろなゲームができます。
kono keetai wa, iroirona geemu ga dekimasu.

這個不僅輕也很耐用的喔。

これは軽くて丈夫ですよ。

kore wa karukute joobudesuyo.

這個便宜又方便。

こちらは安くて便利です。

kochira wa yasukute benri desu.

聲音也很安靜。

音も静かです。

oto mo shizuka desu.

這個有些小。

これは、ちょっと小さかったです。

kore wa, chotto chiisakattadesu.

這台個人電腦，畫面有些大。

このパソコンは、画面がちょっと大きいですね。

kono pasokon wa, gamen ga chotto ookiidesune.

那個電風扇，顏色我不怎麼喜歡。

あの扇風機は、色があまり好きじゃ
ありません。

ano senpuuki wa, iro ga amari suki ja arimasen.

設計得不錯，但有些大。

デザインはいいですけど、ちょっと
大きいです。

dezain wa iidesukedo, chotto ookiidesu.

我要再便宜點的。

もっと安いのがいいです。

motto yasuino ga iidesu.

價錢很便宜，所以賣得很好。

値段が安いから、よく売れています。

nedan ga yasuikara, yoku ureteimasu.

多少錢？
いくらですか。
ikura desuka.

那隻錶多少錢？
その時計はいくらですか。
sono tokee wa ikura desuka.

那個電腦遊戲軟體要多少錢？
そのパソコンゲームはいくらですか。
sono pasokon geemu wa ikura desuka.

15000日圓。
15,000円です。
ichiman gosen en desu.

百元商店大多是日本製的

日本著名的「百元商店」，販售便宜好用的生活日用品，大多是日本本國製造，品質其實很不錯的！

● 小知識

日本大城市跟小城市物價如何呢？

東京及大阪等大城市，物價基本上大致相同，而地方的小城市相對地物價會比較便宜，上下浮動在 20％ 左右，另外再加 8％ 的消費稅。順便一提日本，預計在兩年後的 2017 年，提高消費稅到 10％。

Note 02

あのう、アジ5匹<ruby>匹<rt>ひき</rt></ruby>ください。

麻煩，給我五條竹莢魚。

便宜！便宜。今天什麼都便宜。

A： <ruby>安<rt>やす</rt></ruby>いよ、<ruby>安<rt>やす</rt></ruby>いよ。<ruby>今日<rt>きょう</rt></ruby>は<ruby>何<rt>なん</rt></ruby>でも<ruby>安<rt>やす</rt></ruby>いよ。
yasuiyo, yasuiyo. kyoo wa nandemo yasuiyo.

麻煩，給我五條竹莢魚。

B： あのう、アジ５<ruby>匹<rt>ひき</rt></ruby>ください。
anoo, aji gohiki kudasai.

日本生活小知識

日本有很多專賣店，販售的商品內容，就如商店的名稱，如：麵包、鮮花、鐘錶、服裝、文具、書籍、肉類、蔬果等。在日本百貨公司很難殺價，但專賣店就比較容易殺價，幅度大約在20％ 以內。既然到了日本，不如用日文跟店家殺殺價，如果成功了，一定很有趣的。

生活單字

● 給我蕃茄。

<u>トマト</u>をください。
tomato o kudasai.

蒜頭	大白菜	青椒	紅蘿蔔
にんにく	白菜 (はくさい)	ピーマン	にんじん
ninniku	hakusai	piiman	ninjin

● 給我一個蕃茄。

トマトをひとつ、ください。
tomato o hitotsu, kudasai.

波菜／一袋

ほうれんそう／一袋
(ひとふくろ)
hoorensoo／hitofukuro

洋蔥／一推

たまねぎ／一山
(ひとやま)
tamanegi／hitoyama

小黃瓜／5條

キュウリ／5本
(ほん)
kyuuri／gohon

魚／兩條

魚／2匹
(さかな)／(ひき)
sakana／nihiki

● 有<u>白蘿蔔</u>嗎？

大根はありませんか。
(だいこん)
daikon wa arimasenka.

高麗菜	茄子
キャベツ	茄子 (な す)
kyabetsu	nasu

茼蒿

春菊
(しゅんぎく)
shungiku

馬鈴薯

じゃが芋
(いも)
jagaimo

實用單字

● 好啦！就便宜你30日圓吧！
まあ、30円おまけしましょう。
maa, sanjuuen omake shimashoo.

50日圓	100日圓	500日圓	這個
50円	**100円**	**500円**	**これ**
gojuuen	hyakuen	gohyakuen	kore

Sentence 例句

您要買什麼？
何にしましょうか。
nani ni shimashooka.

還需要什麼？
ほかに何か。
hoka ni nanika.

有沒有菠菜呢？
ほうれん草はありませんか。
hooren soo wa arimasenka.

白菜很新鮮喔！
白菜は新鮮ですよ。
hakusai wa shinsen desuyo.

橘子又甜又好吃喔！
みかんは甘くておいしいですよ。
mikan wa amakute oishiidesuyo.

今天的蔬菜超便宜的喔
今日は野菜がかなり安いですよ。
kyoo wa yasai ga kanari yasuidesuyo.

這是今天特別推薦的喔！
これ、今日のおすすめです。
kore, kyoo no osusume desu.

茄子賣完了。
なすは売り切れなんです。
nasu wa urikire nandesu.

這是什麼啊？
何ですか、これ？
nandesuka, kore?

啊！那是中國蔬菜。
あ、それ、中国野菜なんです。
a, sore, chuugoku yasai nandesu.

有點貴呢。
ちょっと高いですね。
chotto takai desune.

算便宜一點。
安くしてください。
yasuku shite kudasai.

唉唷，真拿你沒辦法，那就便宜你50日圓吧！
まっ、しょうがない、50円おまけしましょう。
ma, shooganai, gojuu en omake shimashoo.

已經傍晚了，80日圓就好了啦。
もう夕方だから、80円でいいですよ。
moo yuugata dakara, hachijuu en de iidesuyo.

500日圓。
500円になります。
gohyaku en ni narimasu.

謝謝您的惠顧。
毎度ありがとうございます。
maido arigatoo gozaimasu.

Note 03

どちらがおすすめですか。

你推薦哪一種呢？

你推薦哪一種呢？

A： どちらがおすすめですか。
dochira ga osusumedesuka.

這種如何？這種葡萄酒賣得最好喔！

B： これはどうですか。
このワインは一番売れてますよ。
kore wa doo desuka. kono wain wa ichiban uretemasuyo.

日本生活小知識

想知道日本的物價、飲食習慣跟日常生活，到超市看一下就知道啦！也因此，很多人到日本，必逛也是愛逛的就是超市了。在超市購物種類多，可以買到很多平民級點心、傳統零食，找土產也很方便喔！

生活單字

● 請問，香皂在哪裡？

すみません、せっけんはどこですか。
sumimasen, sekken wa doko desuka.

牙刷	刮鬍刀	煙灰缸	杯子
歯ブラシ	かみそり	灰皿	コップ
haburashi	kamisori	haizara	koppu

抹布	畚箕
ぞうきん	ちりとり
zookin	chiritori

● 蔬菜的前面。
野菜の前です。
yasai no mae desu.

後面
後ろ
ushiro

右邊	左邊	附近
右	左	近く
migi	hidari	chikaku

入口	水果
入り口	果物
iriguchi	kudamono

● 收銀機的前面。
レジの前です。
reji no mae desu.

蔬菜
野菜
yasai

酒
お酒
osake

161

砂糖在哪裡？
お砂糖<ruby>砂糖<rt>さ とう</rt></ruby>はどこにありますか。
osatoo wa doko ni arimasuka.

在放醬油的那邊。
あそこの<ruby>醬油<rt>しょう ゆ</rt></ruby>のところです。
asoko no shooyu no tokoro desu.

肥皂在那裡。
せっけんはあそこです。
sekken wa asoko desu.

醬油在酒的前面。
<ruby>醬油<rt>しょう ゆ</rt></ruby>は<ruby>お酒<rt>さけ</rt></ruby>の<ruby>前<rt>まえ</rt></ruby>です。
shooyu wa osake no mae desu.

在五號那排。
あの５<ruby>番<rt>ばん</rt></ruby>の<ruby>列<rt>れつ</rt></ruby>のところです。
ano goban no retsu no tokoro desu.

這裡有籃子。請多利用。
ここにかごがあります。ご<ruby>利用<rt>り よう</rt></ruby>ください。
koko ni kago ga arimasu. go riyoo kudasai.

超貼心的超市

日本超市可說是最貼近主婦心的，很多料理，調理方便，輕輕鬆鬆就可以在家做出餐廳菜色了！

● 小知識

超市購物，不必花一堆冤枉錢！

在超市購物您會發現，上面的日幣定價，怎麼跟在台灣買的時候，數字是一樣的。但也因此，往往讓您幾乎就想把超市整個扛回家了。另外，同類商品遇到打折期間，可說是買越多越划算的，有時價錢還比便利商店便宜！

沒有賣筆記本。
ノートはちょっと。
nooto wa chotto.

不好意思，我們沒有賣喔！
すみません、うちでは置いてない
んですよ。
sumimasen, uchi dewa oite naindesuyo.

這是新的可樂產品。請喝喝看。
新製品のコーラです。ちょっと飲
んでみてください。
shinseehin no koora desu. chotto nonde mite
kudasai.

這個宣傳單可以給我嗎？
このチラシをもらってもいいですか。
kono chirashi o morattemo iidesuka.

有集點卡嗎？
ポイントカードはお持ちですか。
pointo kaado wa omochidesuka.

需要袋子嗎？
袋はご入用ですか。
fukuro wa go iriyoo desuka.

收您1萬日圓。
10,000円お預かりします。
ichiman en oazukari shimasu.

找您800日圓。
800円のお返しです。
happyakuen no okaeshi desu.

生鮮食品的折扣戰

各個超市，一到晚上
7點左右，當天的生
鮮食品大多會打折！

163

N o t e 0 1

ちょっと、それ見^みせてください。

請給我看看那個。
* * * * * * *

麻煩。請給我看看那個。

A : すみません。ちょっと、それ見^みせてください。
sumimasen. chotto, sore misete kudasai.

好的，您請看。

B : どうぞ、ご覧^{らん}ください。
doozo, goran kudasai.

日本生活小知識

季節交替前的 1 月與 7 月是日本服裝大拍賣的時期；1 月正值新年，以福袋與冬衣減價為號召的拍賣為最大規模，7 月的換季拍賣則是多采多姿的夏裝清倉大拍賣，看準這個時期去血拼，其實可以買到不少好東西！

生活單字

● 在找＿＿＿＿。

衣服 ＋を探しています。
o sagashite imasu

套裝；西裝	連身裙	裙子	褲子
スーツ	ワンピース	スカート	ズボン
suutsu	wanpiisu	sukaato	zubon

牛仔褲	Ｔ恤	輕便襯衫	
ジーンズ	Ｔシャツ	カジュアルなシャツ	
jiinzu	tii shatsu	kajuaru na shatsu	

Polo衫		女用襯衫	毛衣
ポロシャツ		ブラウス	セーター
poro shatsu		burausu	seetaa

夾克	外套	內衣	
ジャケット	コート	下着	
jaketto	kooto	shitagi	

游衣		無袖背心	領帶
水着		ベスト	ネクタイ
mizugi		besuto	nekutai

帽子		襪子	太陽眼鏡
帽子		ソックス	サングラス
booshi		sokkusu	san gurasu

百貨公司在大拍賣。

デパートでバーゲンがあります。

depaato de baagen ga arimasu.

婦女服飾賣場在哪裡？

婦人服売り場はどこですか。

fujinfuku uriba wa doko desuka

這個如何？

こちらはいかがですか。

kochira wa ikaga desuka

這是拍賣商品。

こちらはセール品です。

kochira wa seeru hindesu.

這條褲子如何？

このズボンはどうですか。

kono zubon wa doo desuka

有大號的嗎？

大きいサイズはありますか。

ookii saizu wa arimasuka

想要棉製品的。

綿のがほしいです。

men no ga hoshii desu

可以用洗衣機洗嗎？

洗濯機で洗えますか。

sentakuki de araemasuka

滿耐穿的樣子嘛！

丈夫そうですね。

joobu soo desune

日本五大藥妝店
松本清、龍生堂藥局、SUNDRUG、ranKing ranQueen、ainz &tuspe。

顏色不錯嘛！

いい色ですね。

ii iro desune

Note 02

これは L サイズですか。

這是 L 號嗎？

這是 L 號嗎？

A：これは L サイズですか。
korewa eru saizu desuka.

不是的，是 M 號。

B：いえ、M です。
ie, emu desu.

日本生活小知識

日本店員服務都非常周到，他們希望為顧客細心服務，所以想試穿的時候必須先告知店員你要試穿，店員會幫你把衣服拿著並且帶領你到試衣間，甚至有些店員會在門外等到你穿完出來，然後親切的說幾句讚美的話。

實用單字

● 可以＿＿＿＿嗎？

動詞 ＋もいいですか。
mo ii desuka

試穿	戴戴看	摸
試着して shichakushite	かぶってみて kabutte mite	触って sawatte

配戴看看	套套看
つけてみて tsukete mite	ちょっと はおって chotto haotte

Sentence 例句

那個讓我看一下。
それを見せてください。
sore o misete kudasai

我要試穿這件。
こちら試着したいんですが。
kochira shichaku sitaindesuga.

那邊請。
あちらでどうぞ。
achira de doozo.

很適合喔！
よくお似合いですよ。
yoku oniaidesuyo.

有點小呢。

ちょっと<ruby>小<rt>ちい</rt></ruby>さいですね。

chotto chiisai desune

這裡太緊了。

ここがきついです。

koko ga kitsuidesu.

那麼，我幫您拿L號的。

では、Lの<ruby>方<rt>ほう</rt></ruby>を<ruby>持<rt>も</rt></ruby>ちします。

dewa, eru no hoo o omochishimasu.

有沒有L尺寸？

Lサイズはありませんか。

eru saizu wa arimasenka.

尺寸從S到LL都有。

サイズはSからLLまでございます。

saizu wa esu kara erueru made gozaimasu.

我要紅的。

<ruby>赤<rt>あか</rt></ruby>いのがほしいです。

akaino ga hoshii desu

有沒有白色的。

<ruby>白<rt>しろ</rt></ruby>いのはありませんか。

shiroino wa arimasenka

有白、黑、藍三種顏色。

<ruby>白<rt>しろ</rt></ruby>、<ruby>黒<rt>くろ</rt></ruby>、<ruby>青<rt>あお</rt></ruby>の3<ruby>色<rt>しょく</rt></ruby>ございます。

shiro, kuro, ao no sanshoku gozaimasu.

很抱歉，只有這種顏色。

<ruby>申<rt>もう</rt></ruby>し<ruby>訳<rt>わけ</rt></ruby>ありません。この<ruby>色<rt>いろ</rt></ruby>だけです。

mooshiwake arimasen. kono iro dake desu.

這是麻嗎？

これは<ruby>麻<rt>あさ</rt></ruby>ですか。

kore wa asa desuka

169

需要乾洗嗎？
洗濯はドライですか。
sentaku wa dorai desuka

可以在家洗嗎？
家でお洗濯できますか。
ie de o sentaku dekimasuka.

太花俏了。
ちょっと派手ですね。
chotto hade desune

有沒有再柔軟一些的？
もう少し柔らかいのはないですか。
moo sukoshi yawarakaino wa nai desuka

那個也讓我看看。
そちらも見せてください。
sochira mo misete kudasai

啊呀！這個不錯嘛！
ああ、これはいいですね。
aa, kore wa ii desune

我喜歡。
気に入りました。
ki ni irimashita

尺寸已經只剩下M號了。
サイズはもうＭだけです。
saizu wa moo emu dake desu.

這樣啊！真是太可惜了。
そうなんですか。残念です。
soo nandesuka. zannendesu.

Note 03

これ、もうちょっと長<ruby>長<rt>なが</rt></ruby>いのはありますか。

這件有沒有再長一點的？

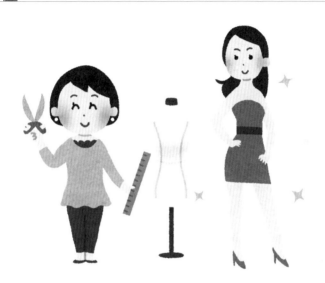

這件有沒有再長一點的？

A： A：これ、もうちょっと<ruby>長<rt>なが</rt></ruby>いのはありますか。
kore, moo chotto nagaino wa arimasuka.

長短可以改的喔。

B： B：<ruby>丈<rt>たけ</rt></ruby>はお<ruby>直<rt>なお</rt></ruby>しできますよ。
take wa onaoshi dekimasuyo.

日本生活小知識

在台灣可以看到琳瑯滿目的日本流行服裝雜誌，日本女裝以其時尚款式，吸引
著眾多女性。而在日本買日系品牌的服裝、飾品都要比台灣來的便宜。到日本
當然讓您買到失心瘋了。

有點長。
ちょっと長いです。
chotto nagai desu

長度可以改短一點嗎？
丈をつめられますか。
take o tsumeraremasuka

顏色不錯呢。
色がいいですね。
iro ga ii desune

非常喜歡。
とても気に入りました。
totemo ki ni irimashita

我要這個。
これにします。
kore ni shimasu

我要買。
決めました。
kimemashita

日本著名的服飾品牌

kenzo、mikimoto、
Honeys、tout a coup、
mouss、iimk、三宅一生、
Theory。

我買這個。
これをいただきます。
kore o itadakimasu

請給我紅色的。
赤いほうをください。
akai hoo o kudasai

請幫我改一下袖子的長度。
袖の長さを直してほしいです。
sode no nagasa o naoshite hoshii desu

下週二可以修改好。

お直しは来週の火曜日にできます。

onaoshi wa raishuu no kayoobi ni dekiamsu.

好用單字		
白 shiro	／白色
黒 kuro	／黑色
赤 aka	／紅色
青 ao	／藍色
緑 midori	／綠色
黄色 kiiro	／黃色
茶色 chairo	／褐色
グレー guree	／灰色
ピンク pinku	／粉紅色

好用單字		
オレンジ色 orenji iro	／橘黃色
紫 murasaki	／紫色
水色 mizuiro	／水藍色
無地 muji	／沒有花紋
ストライプ sutoraipu	／條紋
水玉 mizutama	／水珠花樣
チェック chekku	／格子
花模様 hanamoyoo	／花卉圖案

173

Note 04

どんなのがよろしいでしょう。

您想要什麼樣的？
* * * * * * *

您想要什麼樣的？

A： A：どんなのがよろしいでしょう。
donnano ga yoroshiideshoo.

嗯！我要黑色的。

B： B：ええと、黒のがいいんですけど。
eeto, kurono ga iindesukedo.

日本生活小知識

在日本買鞋，款式多，設計精心、質地好，穿起來舒服。但一般比較貴，10.5號以上的鞋，較難買。

生活單字

● 想要_____。

鞋子 +がほしいです。
ga hoshii desu

輕便運動鞋	涼鞋	無帶淺口有跟女鞋	無後跟的女鞋
スニーカー	サンダル	パンプス	ミュール
suniikaa	sandaru	panpusu	myuuru

高跟鞋	短馬靴	登山鞋	
ハイヒール	ショートブーツ	トレッキングシューズ	
haihiiru	shooto buutsu	torekkingu shuuzu	

靴子	網球鞋	木屐
ブーツ	テニスシューズ	下駄 げた
buutsu	tenisu shuuzu	geta

● 太_____。

形容詞 +すぎます。
sugimasu

			大 おお 大き ooki

小 ちい 小さ chiisa	長 なが 長 naga	短 みじか 短 mijika	緊 きつ kitsu

鬆 ゆる yuru	高 たか 高 taka	低 ひく 低 hiku	

175

實用單字

● 我要＿＿＿的。

形容詞の（なの）＋がいいです。
no (nano) ga ii desu

牢固、堅固 じょう ぶ 丈夫 joobu	鞋跟很高 た か ヒールが高い hiiru ga takai	咖啡色 ちゃ いろ 茶色い chairoi
小 ち い 小さい chiisai	亮晶晶 ぴかぴか pikapika	白色 しろ 白い shiroi	黑 く ろ 黒い kuroi

Sentence 例句

這是義大利製的。
せい
こちらはイタリア製です。
kochira wa itaria see desu.

最受歡迎的是哪一雙？
いちばんにん き
一番人気なのはどれですか。
ichiban ninki nano wa dore desuka

請給我這一雙。
これをください。
kore o kudasai

這是現在流行的款式。
いま
これが今はやりです。
kore ga ima hayari desu

請試穿看看。
どうぞ、はいてみてください。
doozo, haite mite kudasai.

176

有點緊。
ちょっときついです。
chotto kitsui desu

這裡會頂到。
ここがちょっと当たります。
koko ga chotto atarimasu.

鞋跟太高了。
ヒールが高すぎます。
hiiru ga taka sugimasu

可以走走看嗎？
ちょっと歩いてみてもいいですか。
chotto aruite mitemo iidesuka.

蠻好走路的。
歩きやすいですね。
aruki yasui desune

這雙真的很輕喔！
これは本当に軽いですよ。
kore wa hontoo ni karuidesuyo.

穿起來感覺剛剛好。
ちょうどいい感じです。
choodo ii kanji desu.

鞋帶可以調整的。
ひもを調整できます。
himo o choosee dekimasu

這個裝飾可以拆下來。
この飾りは取り外しできます。
kono kazari wa torihazushi dekimasu.

我決定買這一雙。
これに決めました。
kore ni kimemashita

Note 05

人気のお土産はどれですか。

哪個是最受歡迎的土產？
* * * * * * * * * * *

哪個是最受歡迎的土產？

A： 人気のお土産はどれですか。
ninki no o miyage wa dore desuka.

啊！這個。這是年輕女孩最喜歡的。

B： ああ、これです。若い女の子に大変人気ですよ。
aa, kore desu. wakai onnanoko ni taihen ninkidesuyo.

日本生活小知識

世界各國最喜歡購買日本的商品有：日本 KITTY 相關產品、浴衣、遊戲軟體、
日本人形娃娃、數位相機、寫上日本字的恤、日本零食、點心。

實用單字

● 給我＿＿＿。

数量 ＋ください。
kudasai

一個 ひと 一つ hitotsu	一張 まい 1枚 ichimai	一條 ぼん 1本 ippon	一個 こ 1個 ikko
一台 だい 1台 ichidai		一本（書） さつ 1冊 issatsu	

Sentence 例句

有沒有適合送人的名產？
お土産にいいのはありますか。
o miyage ni iino wa arimasuka

哪一個較受歡迎？
どれが人気ありますか。
dore ga ninki arimasuka

你認為哪個好呢？
どれがいいと思いますか。
dore ga ii to omoimasuka

這點心看起來很好吃。
このお菓子はおいしそうです。
kono o kashi wa oishisoo desu

請給我這饅頭。
この饅頭をください。
kono manjuu o kudasai

給我同樣的東西8個。
同じものを八つください。
onaji mono o yattsu kudasai

請分開包裝。
別々に包んでください。
betsubetsu ni tsutsunde kudasai

請包漂亮一點。
きれいに包んでください。
kiree ni tsutsunde kudasai

可以給我4個小袋子嗎？
小袋を４枚もらえますか。
kobukuro o yonmai moraemasuka.

賞味期限到什麼時候？
賞味期限はいつですか。
shoomikigen wa itsu desuka.

日本人喜歡台灣哪些土產

台灣茶、台灣風雜貨（客家風杯墊、刺繡零錢包等）、乾果類、調味料、鳳梨酥、泡麵、月餅、漢藥、茶具等。

Note 06

いやあ、お客さん、それはちょっと……。

<ruby>客<rt>きゃく</rt></ruby>

唉唷！客人啊！那未免太便宜了！

52

這個，算 1,000 日圓如何？

A：これ、1,000 円でどうですか。
<ruby>円<rt>えん</rt></ruby>
kore, sen'en de doo desuka.

唉唷！客人啊！那未免太便宜了！

B：いやあ、お客さん、それはちょっと……。
<ruby>客<rt>きゃく</rt></ruby>
iyaa, okyakusan, sore wa chotto.

那麼，全部 3,500 日圓如何？

A：じゃあ、全部で 3,500 円はどうですか。
<ruby>全部<rt>ぜんぶ</rt></ruby> <ruby>円<rt>えん</rt></ruby>
jaa, zenbu de sanzen gohyaku en wa doo desuka.

好啦！那就算便宜一點給你啦！

B：分かりました、勉強させていただきます。
<ruby>分<rt>わ</rt></ruby> <ruby>勉強<rt>べんきょう</rt></ruby>
wakarimashita, benkyoo sasete itadakimasu.

日本生活小知識

不二價的日本，隨著庫存成本高、新款變舊款就不值錢的壓力，殺價就變得有理了。至於殺價就盡量找商品雷同的激戰區，或地點較差的店家。殺價時間就掌握在關門前兩小時或星期天（週末沒賣出去，必須再等一星期才有機會賣）。

實用單字

● 請_____。

形容詞 ＋してください。
shite kudasai

便宜 やす **安く** yasuku	快 はや **早く** hayaku	（弄）小 ちい **小さく** chiisaku	（弄）好提 も **持ちやすく** mochi yasuku

（弄）漂亮 **きれいに** kiree ni	再便宜一些 すこ やす **もう少し安く** moo sukoshi yasuku

---

Sentence 例句

太貴了。
た
高すぎます。
takasugimasu

2000日圓就買。
えん か
2,000円なら買います。
nisen'en nara kaimasu

最好是1萬日圓以內的東西。
えん い ない もの
10,000円以内の物がいいです。
ichiman'en inai no mono ga ii desu

現在買，很划算喔！
いま か とく
今買うと、お得です。
ima kauto, otokudesu.

買5個，可以打七折喔！
5個買うと、3割引になります。
goko kauto, sanwaribiki ni narimasu.

很便宜，所以決定買這個。
安いから、こっちにします。
yasuikara, kocchi ni shimasu.

可以打一些折扣嗎？
少しまけてもらえませんか。
sukoshi makete moraemasenka

這是最低的價格了。
これでぎりぎりの値段なんですよ。
kore de girigiri no nedan nandesuyo.

那麼就不需要了。
それでは、いりません。
soredewa,irimasen

貴了一些。
ちょっと高いですね。
chotto takai desune

預算不足。
予算が足りません。
yosan ga tarimasen

我會再來。
また来ます。
mata kimasu

我要等到大拍賣。
バーゲンまで待ちます。
baagen made machimasu.

Note 07

ここにサインをお願いします。
ねが

請在這裡簽名。
* * * * * *

請在這裡簽名。

A：ここにサインをお願いします。
ねが
koko ni sain o onegai shimasu

這樣可以嗎？

B：これでいいですか。
kore de ii desuka

日本生活小知識

日本從 2014 年 10 月 1 日就推出外國人退稅規定，讓藥品、化妝品、食品等原本是免稅對象外的商品，也納入免稅範圍了。因此，吸引了許多外國人到日本購物。最近，再加上日圓大貶，日本真的成了購物天堂了。

生活單字

● 要如何付款？
Q: お支払いはどうなさいます。
oshiharai wa doo nasaimasu

● 麻煩我用_____。
A: 名詞 ＋でお願いします。
de onegai shimasu

刷卡	現金	旅行支票	這個
カード	現金	トラベラーズチェック	これ
kaado	genkin	toraberaazu chekku	kore

● 要分幾次付款？
Q: お支払い回数は？
oshiharai kaisuu wa

● _____。
A: 次数 ＋です。
desu

一次	一次付清	六次	十二次
1回	一括	6回	12回
ikkai	ikkatsu	rokkai	juunikai

在哪裡結帳？

レジはどこですか。
reji wa doko desuka

我要分六次支付。

6回払いでお願いします。
rokkaibarai de onegaishimasu.

能用這張信用卡嗎？

このカードは使えますか。
kono kaado wa tsukaemasuka

請在這裡簽名。

ここにサインをお願いします。
koko ni sain o onegai shimasu

這樣可以嗎？

これでいいですか。
kore de ii desuka

敝店只收現金。

当店は現金のみとなっております。
tooten wa genkin nomi to natte orimasu.

哪些人沒有免稅待遇

在日本停留超過 6 個月
以上的外國人，或在日
本工作的外國人。

找您錢。

おつりです。
otsuridesu.

找的錢不對了。

おつりが間違っています。
otsuri ga machigatteimasu.

可以給我收據嗎？

領収書をもらえますか。
ryooshuusho o moraemasuka.

我買錯尺寸了，可以換嗎？

サイズを間違えて買ったんですが、交換はできますか。
saizu o machigaete kattandesuga, kookan wa dekimasuka.

可以的，您帶了收據嗎？

はい、レシートはお持ちですか。
hai, reshiito wa omochidesuka.

> **退税流程**
>
> 出示護照→店家填寫「商品購入記錄票」→簽「購買者誓約書」→帶走商品→把「商品購入記錄票」交給海關→快樂把免税商品帶回國

 ● 小知識

免税分消耗品跟一般品

消耗品（藥品、化妝品、飲料、食品）需要在同一天同一家免税店內購買，金額在 5,000 日圓～ 50 萬日圓之間，需要包裝好，不能開封，出日本海關時，有可能會進行檢查，如果被發現已開封，可能需要再補税；一般品（服飾、化妝品、家電用品、醬油等消耗品）同一天同一家免税店內購買，金額超過 1 萬日圓，沒有免税包裝的限制。

Note 01

すみません、転入届はどちらですか。

請問，遷入登記在什麼地方辦理？

請問，遷入登記在什麼地方辦理？

A： すみません、転入届はどちらですか。
sumimasen, tennyuutodoke wa dochira desuka.

在那邊。

B： あそこです。
asoko desu.

日本生活小知識

初到日本的外國人，如果要在日本居留一年以上，就要從入境算起 90 天以內，到居住地區、市政府辦理生活上不可或缺的身份證跟健保卡了。身份證日本叫「在留卡」，健保卡日本叫「國民健康保險」。在留卡要隨身攜帶。沒有辦理這些手續，可是會被當作非法移民的喔！

生活單字

● 請問，在哪裡辦理<u>外國人登記手續</u>？

あのう、外国人登録はどこですか。
anoo, gaikokujin tooroku wa dokode suka.

國民健康保險
こくみんけんこうほけん
国民健康保険
kokumin kenkoo hoken

居民證
じゅうみんひょう
住民票
juuminhyoo

戶口謄本
こせきとうほん
戸籍謄本
koseki toohon

印鑑登記
いんかんとうろく
印鑑登録
inkan tooroku

● 在3號窗口。
ばん　　まどぐち
3番の窓口です。
sanban no madoguchi desu.

1號
ばん
1番
ichiban

14號
ばん
14番
juuyonban

8號
ばん
8番
hachiban

12號
ばん
12番
juuniban

● 麻煩，我要<u>申報遷出</u>的表格。

てんしゅつとどけ　ようし
すみません、転出届の用紙をください。
sumimasen, tenshutsutodoke no yooshi o kudasai.

申報遷進
てんにゅうとどけ
転入届
tennyuutodoke

申報結婚
けっこんとどけ
結婚届
kekkontodoke

申報出生
しゅっせいとどけ
出生届
shusseetodoke

申報死亡
しぼうとどけ
死亡届
shibootodoke

區公所星期天也開放嗎？
市役所は日曜日もやってますか。
shiyakusho wa nichiyoobi mo yattemasuka.

區公所只有平日才有開放。
市役所は平日だけやってます。
shiyakusho wa heejitsu dake yattemasu.

幾點開始受理呢？
受付は何時からですか。
uketsuke wa nanji kara desuka.

九點開始。
9時からです。
kuji kara desu.

我想辦理外國人登記手續。
外国人登録をしたいのですが。
gaikokujin tooroku o shitai no desuga.

您帶了護照了嗎？
パスポートはお持ちですか。
pasupooto wa omochidesuka.

您哪國人？
どちらのかたですか。
dochira no kata desuka.

照片尺寸

辦理時面部的尺寸和位置都有規定的喔！照片尺寸是「縱 4.5 公分 × 橫 3.5 公分」。

需要三張照片。
写真が 3枚必要です。
shashin ga sanmai hitsuyoo desu.

快速照相在一樓。
スピード写真は 1階にあります。
supiido shashin wa ikkai ni arimasu.

190

啊！這張照片，尺寸不合喔！
あー、この写真は、大きさが合わないですね。
aa, kono shashin wa, ookisa ga awanaidesune.

手續費要多少？
代金はおいくらですか。
daikin wa oikura desuka.

請在5號支付。
5番で払ってください。
goban de haratte kudasai.

證明書也在5號領取。
証明書も5番で渡します。
shoomeesho mo goban de watashimasu.

証明書

這是您要的證明書。
じゃ、これ証明書です。
ja, kore shoomeesho desu.

那麼，做好後會寄給你。
では、あとで郵送します。
dewa, ato de yuusoo shimasu.

信封在那裡有販售。
封筒はあちらで販売しています。
fuutoo wa achira de hanbai shiteimasu.

● 小知識

在日本買手機

到了日本之後，除了辦理在留卡跟日本健保卡，還要在日本銀行開戶跟買手機。外國人要在日本買手機，必須準備在留卡跟護照。另外，還需要開設繳納電話費的銀行或郵局戶頭，或製作信用卡。

N o t e   0 2

学生証をお持ちですか。
がくせいしょう　　　も

帶學生證了嗎？

帶學生證了嗎？

A：学生証をお持ちですか。
　　がくせいしょう　　も
gakuseeshoo o omochidesuka.

帶了，給你。

B：はい。どうぞ。
hai. doozo.

日本生活小知識

加入健康保險，要到地區、市政府辦理。每月的保險費，會因收入、來日時間、居住地區而異。有了日本健保卡，到醫院看病，只要支付總費用的 30％ 。但體檢跟生孩子不在保險範圍之內。

實用單字

● 請在區公所辦理手續。
区役所で手続きをしてください。
kuyakusho de tetsuzuki o shite kudasai.

市政府
しやくしょ
市役所
shiyakusho

町村公所
ちょうそんやくば
町村役場
chooson'yakuba

派出所
しゅっちょうじょ
出張所
shucchoojo

入國管理局
にゅうこくかんりきょく
入国管理局
nyuukoku kanrikyoku

Sentence 例句

請問,申請健康保險的手續在哪裡辦理?
すみません、健康保険の手続きはどこですか。
sumimasen, kenkoo hoken no tetsuzuki wa doko desuka.

請在區公所辦理。
区役所で申請してください。
kuyakusho de shinsee shite kudasai.

我想加入國民健康保險。
国民保険に入りたいのですが。
kokumin hoken ni hairitai no desuga.

請到二樓的市民課。
２階の市民課へどうぞ。
nikai no shimin ka e doozo.

那邊有電梯。
あちらにエレベーターがございます。
achira ni erebeetaa ga gozaimasu.

你有帶居留證跟護照嗎？
在留カードとパスポートをお持ちですか。
zairyuu kaado to pasupooto o omochidesuka.

請填寫這張申請表格。
この申し込み用紙に記入してください。
kono mooshikomi yooshi ni kinyuu shite kudasai.

收入欄裡也要填寫每個月的收入。
収入欄にも毎月の収入を書いてください。
shuunyuu ran nimo maitsuki no shuunyuu o kaite kudasai.

保險費會因收入多寡而不同。
保険料は収入によって違います。
hokenryoo wa shuunyuu ni yotte chigaimasu.

請填寫這個表格。
この用紙に記入してください。
kono yooshi ni kinyuu shite kudasai.

● 小知識

留學生健保補助

有留學生資格，政府會有加碼的補助，只要事先向學校的留學生課登錄申請，最低可以只要負擔 6%。另外，保險卡也可以代替其他身份證。

我沒有收入。

収入はありません。
shuunyuu wa arimasen.

那你生活費怎麼來的？

生活費はどうしていますか。
seekatsuhi wa doo shite imasuka.

我父母寄來的。

親からの仕送りです。
oya kara no shiokuri desu.

請填寫匯款金額。

仕送りの金額を書いてください。
shiokuri no kingaku o kaite kudasai.

保險證也可以代替其他身份證件。

保険証は身分証明書としても使えます。
hokenshoo wa mibun shoomeesho to shite mo tsukaemasu.

Note 01

新聞でアルバイトの募集を見たのですが…………。

我在報紙上看到應徵工讀生的廣告。

我姓王。我在報紙上看到應徵工讀生的廣告。

A：王と申します。新聞でアルバイトの募集を見たの
ですが……。
oo to mooshimasu. shinbun de arubaito no boshuu o mitanodesuga.

你是學生嗎？

B：学生の方ですか。
gakusee no kata desuka.

是的，我是大學生。

A：はい、大学生です。
hai, daigakusee desu.

那麼，請先寄履歷表過來。

B：では、先に履歴書を送ってください。
dewa, saki ni rirekisho o okutte kudasai.

好的，明白了。請多指教。

A：はい、わかりました。よろしくお願いします。
hai, wakarimashita. yoroshiku onegai shimasu.

日本生活小知識

要學習日本人的做事方法、習慣跟規則，打工是一個很好的體驗機會。為了減少
跟雇主之間的糾紛，面試時雇主所提出的條件，盡量請雇主書面化。打工時請不
要遲到、不要沒有事先請假就不去上班！認真工作，才能學到東西，挖到寶喔！

生活單字

● 我在<u>報上</u>看到您在找工讀生。
新聞でアルバイトの募集を見たのですが。
shinbun de arubaito no boshuu o mita no desuga.

朝日新聞
あさ ひ しんぶん
朝日新聞
asahi shinbun

讀賣新聞
よみうりしんぶん
読売新聞
yomiuri shinbun

產經新聞
さんけいしんぶん
産経新聞
sankee shinbun

報紙的傳單
しんぶん
新聞のチラシ
shinbun no chirashi

商店的海報
みせ
お店のポスター
omise no posutaa

雜誌
ざっ し
雑誌
zasshi

● 我來面試<u>打工</u>的。
アルバイトの面接に来たのですが。
めんせつ　き
arubaito no mensetsu ni kita no desuga.

零工
パート
paato

正式社員
せいしゃいん
正社員
seeshain

派遣社員
は けんしゃいん
派遣社員
hakenshain

契約社員
けいやくしゃいん
契約社員
keeyakushain

（騎）腳踏車
じ てんしゃ
自転車
jitensha

公車
バス
basu

● 我都坐<u>電車</u>上班的。
いつも電車で通勤しています。
でんしゃ　つうきん
itsumo densha de tsuukin shite imasu.

新幹線
しんかんせん
新幹線
shinkansen

計程車
タクシー
takushii

下週二的下午2點面試。

面接は 来週の火曜日午後 2 時です。

mensetsu wa raishuu no kayoobi gogo niji desu.

你好，我是來面試的，敝姓王。

こんにちは。面接に参りました。
王と申します。

konnichiwa.mensetsu ni mairimashita.
oo to mooshimasu.

我跟負責的佐藤先生約了三點碰面的。

ご担当の佐藤様と3時からお約束があります。

go tantoo no satoo sama to sanji kara o yakusoku ga arimasu.

請到二樓的會議室。

2階の会議室のほうにいらしてください。

nikai no kaigishitsu no hoo ni irashite kudasai.

有帶履歷表嗎？

履歴書お持ちですか。

rirekisho omochi desuka.

你有帶可以在日本工作的簽證或其他的證明文件嗎？

日本で働けるビザか何かお持ちですか。

nihon de hatarakeru biza ka nani ka omochidesuka.

請先自我介紹一下。

まずは自己紹介してください。

mazu wa jikoshookai shite kudasai.

到本公司應徵的理由是什麼呢？

当社に応募をした理由は何ですか。

toosha ni oobo o shita riyuu wa nandesuka.

想在日本工作的理由是什麼呢？

日本で働きたい理由は何ですか。

nihon de hatarakitai riyuu wa nandesuka.

到目前為止有哪些打工經驗呢？
これまでに経験したアルバイトは何ですか。
kore made ni keeken shita arubaito wa nandesuka.

到目前為止打過什麼工呢？
今までどんなアルバイトをしたことがありますか。
ima made donna arubaito o shita koto ga arimasuka.

你有什麼優點？
あなたの長所は何ですか。
anata no choosho wa nandesuka.

在哪裡學日語的呢？
どちらで日本語を学ばれましたか。
dochira de nihongo o manabaremashitaka.

為什麼辭掉以前的工作呢？
前のアルバイトをやめた理由は何ですか。
mae no arubaito o yameta riyuu wa nandesuka.

有什麼興趣呢？
趣味は何ですか。
shumi wa nandesuka.

什麼時候可以開始工作呢？
いつから働けますか。
itsu kara hatarakemasuka.

通勤時間要花多久時間呢？
通勤時間はどのくらいかかりますか。
tsuukin jikan wa dono kurai kakarimasuka.

一週可以工作幾天呢？
週に何日くらい働けますか。
shuu ni nannichi kurai hatarakemasuka.

一週可以工作三天以上嗎？
週 三日以上、できますか。
shuu mikka ijoo, dekimasuka.

一天可以工作幾個小時呢？
1日何時間くらい働けますか。
ichinichi nanjikan kurai hatarakemasuka.

週休二日。
週 休二日です。
shuukyuu futsuka desu.

三個月試用期。
3か月は試用期間です。
sankagetsu wa shiyoo kikan desu.

> **留學生資格外，工作時間**
>
> 留學生資格外工作時間，1週是 28 小時以內。暑假等長假是 1 天 8 小時以內。規定不可以在風化業或風化業相關的地方工作。

希望的待遇是多少呢？
報酬はいくらぐらいを希望しますか。
hooshuu wa ikura gurai o kiboo shimasuka.

時薪是800日圓。
時給は800円です。
jikyuu wa happyakuen desu.

以上，面試結束了。
それでは、面接はこれで終了です。
soredeha, mensetsu wa korede shuuryoo desu.

我以遊學身分來的。
ワーキングホリデーで来ています。
waakingu horidee de kiteimasu.

我對○○很感興趣，希望能活用自己的○○。
○○に関心があり、自分の○○を生かせると思います。
○○ni kanshin ga ari, jibun no ○○ o ikaseru to omoimasu.

希望能透過遊學邊打工邊磨練語言能力。

ワーホリでアルバイトしながら語学力を磨きたい。

waahori de arubaito shinagara gogakuryoku o migakitai.

我喜歡看書，所以選了書店。

本を読むことが好きなので、本屋を選びました。

hon o yomu koto ga sukinanode, hon'ya o erabimashita.

我有在超商工作過。

コンビニで働いたことがあります。

konbini de hataraita koto ga arimasu.

優點是對任何事情都能感興趣。

長所は何でも楽しめるところです。

choosho wa nandemo tanoshimeru tokoro desu.

缺點是很容易忘記事情。但也因此，我會馬上做筆記。

短所は忘れやすいところです。ですので、
すぐメモを取ります。

tansho wa wasureyasui tokorodesu. desunode,
sugu memo o torimasu.

為了專心於課業，所以辭掉之前的公司。

学業に専念するために、前の会社を辞めました。

gakugyoo ni sennen suru tame ni, mae no kaisha o yamemashita.

興趣是看電影。

趣味は映画を見ることです。

shumi wa eega o miru koto desu.

我會一點日語。

日本語は少しできます。

nihongo wa sukoshi dekimasu.

最近的車站是澀谷站，到公司要30分鐘。

最寄駅は渋谷駅で、会社までは30分です。

moyorieki wa shibuyaeki de, kaisha made wa sanjuppun desu.

201

下星期就可以開始上班了。
来週から働けます。
raishuu kara hatarakemasu.

要負責什麼樣的工作呢？
どのような仕事を担当することになりますか。
dono yoona shigoto o tantoo suru koto ni narimasuka.

我沒有經驗，也可以嗎？
経験はありませんが、それでもいいですか。
keeken wa arimasenga, sore demo ii desuka.

工作場所大約有多少人呢？
どのくらいの人数の職場ですか。
dono kurai no ninzuu no shokuba desuka.

什麼時候休假呢？
休日はいつですか。
kyuujitsu wa itsu desuka.

有支付交通費嗎？
交通費は支給されますか。
kootsuu hi wa shikyuu saremasuka.

有試用期嗎？
試用期間はありますか。
shiyoo kikan wa arimasuka.

有什麼其他的問題嗎？
何か質問はありますか。
nanika shitsumon wa arimasuka.

什麼時候可以知道面試結果呢？
合否の結果はいつわかりますか。
goohi no kekka wa itsu wakarimasuka.

那麼，請下個月一號來上班看看。
では、来月の一日から働いてみてください。
dewa, raigetsu no tsuitachi kara hataraite mite kudasai.

請您多加指導。

よろしくお願いします。
yoroshiku onegai shimasu.

從這個月開始，正式成為ABC自動車員工。

今月から、ＡＢＣ自動車の社員になりました。
kongetsu kara, eebiishii jidoosha no shain ni narimashita.

一週打工二、三天。

週に２、３日アルバイトに行きます。
shuu ni ni, san nichi arubaito ni ikimasu.

打工如何呢？

アルバイトどうでしたか。
arubaito doo deshitaka.

打工還習慣嗎？

アルバイトは慣れましたか。
arubaito wa naremashitaka.

由於日語不是很懂，很多地方都感到很困難。

日本語がわからなくて、いろいろ困ることがあります。
nihongo ga wakaranakute, iroiro komaru koto ga arimasu.

新的工作必須要記住很多事情。

新しい仕事をいろいろ覚えなければなりません。
atarashii shigoto o iroiro oboenakereba narimasen.

雖然很忙，但我會加油。

忙しくなりますが、がんばります。
isogashiku narimasuga, ganbarimasu.

工作雖然很忙，但很有趣。

忙しいですが、楽しい仕事です。
isogashiidesuga, tanoshii shigotodesu.

社長雖然有些嚴格，但人很親切。

ちょっと厳しいですが、とても親切な社長です。
chotto kibishiidesuga, totemo shinsetsuna shachoo desu.

Note 01

口座を作りたいんですが。

我想開戶。
* * * *

您要辦理什麼業務呢？
A：本日のご用件は？
honjitsu no go yooken wa?

我想開戶。
B：口座を作りたいんですが。
kooza o tsukuritaindesuga.

日本生活小知識

到了日本之後，除了辦理在留卡跟日本健保卡，還要在日本的銀行開戶。外國人要在日本的銀行開戶，必須準備在留卡、日本健保卡、護照跟印章。有些銀行還需要提供學生證或員工證。

生活單字

爸爸匯錢來了

● 我想<u>開戶</u>。

<ruby>口座<rt>こうざ</rt></ruby>を<ruby>開<rt>ひら</rt></ruby>きたいんですが。

kooza o hirakitain desuga.

活存帳戶／開立

<ruby>普通預金<rt>ふつうよきん</rt></ruby>の<ruby>口座<rt>こうざ</rt></ruby>／つくり

futsuuyokin no kooza／tsukuri

錢／換

<ruby>お金<rt>かね</rt></ruby>／<ruby>換<rt>か</rt></ruby>え

okane／kae

美金／換

ドル／<ruby>換<rt>か</rt></ruby>え

doru／kae

錢／匯出

<ruby>お金<rt>かね</rt></ruby>／<ruby>送<rt>おく</rt></ruby>り

okane／okuri

電話／牽

<ruby>電話<rt>でんわ</rt></ruby>／<ruby>引<rt>ひ</rt></ruby>き

denwa／hiki

千元鈔票／換零錢

1,000<ruby>円<rt>えん</rt></ruby>／くずし

sen'en／kuzushi

● 請借我<u>印章</u>。

<ruby>印鑑<rt>いんかん</rt></ruby>をお<ruby>貸<rt>か</rt></ruby>しください。

inkan o okashi kudasai.

銀行存摺

<ruby>通帳<rt>つうちょう</rt></ruby>

tsuuchoo

身份證

<ruby>身分証明書<rt>みぶんしょうめいしょ</rt></ruby>

mibunshoomeesho

健保卡

<ruby>保険証<rt>ほけんしょう</rt></ruby>

hokenshoo

申請書

<ruby>申込書<rt>もうしこみしょ</rt></ruby>

mooshikomisho

號碼牌

<ruby>整理券<rt>せいりけん</rt></ruby>

seeriken

筆

ペン

pen

● 金融卡會在一星期左右，郵寄給您。

カードは1<ruby>週間<rt>しゅうかん</rt></ruby>ぐらいで、<ruby>郵送<rt>ゆうそう</rt></ruby>します。

kaado wa isshuukan gurai de, yuusoo shimasu.

三天

<ruby>三日間<rt>みっかかん</rt></ruby>

mikkakan

四天

<ruby>四日間<rt>よっかかん</rt></ruby>

yokkakan

五天

<ruby>五日間<rt>いっかかん</rt></ruby>

itsukakan

兩週

2<ruby>週間<rt>しゅうかん</rt></ruby>

nishuukan

三週

3<ruby>週間<rt>しゅうかん</rt></ruby>

sanshuukan

一個月

1か<ruby>月<rt>げつ</rt></ruby>

ikkagetsu

請您抽號碼牌。
番号カードを引いてください。
bangoo kaado o hiite kudasai.

請在那裡稍候。
あちらで少しお待ちください。
achira de sukoshi omachi kudasai.

八號，讓您久等了。
8番のかた、お待たせしました。
hachiban no kata, omatase shimashita.

四號的客人，請到三號窗口。
4番のかた、3番の窓口へどうぞ。
yonban no kata, sanban no madoguchi e doozo.

請填寫這張申請表。
この用紙にお書きください。
kono yooshi ni okaki kudasai.

這樣可以嗎？
これでいいですか。
korede ii desuka.

您要存多少錢？
ご入金はおいくらでしょうか。
gonyuukin wa oikura deshooka.

您要使用金融卡嗎？
カードはお使いになりますか。
kaado wa otsukai ni narimasuka.

請在這裡填上4位數的密碼。
こちらに暗証番号4桁を書いてください。
kochira ni anshoobangoo yonketa o kaite kudasai

密碼事後可以更改。
暗証番号は後で変更できます。
あんしょうばんごう　あと　へんこう
anshoobangoo wa ato de henkoo dekimasu.

這附近有ATM嗎？
このあたりにＡＴＭはありますか。
エーティーエム
kono atari ni eetiiemu wa arimasuka.

那裡有SEVEN ELEVEN喔！
あそこのセブンーイレブンにありますよ。
asoko no sebun irebun ni arimasuyo.

去超商，提款。
コンビニに行って、お金をおろします。
い　　かね
konbini ni itte, o kane o oroshimasu.

● 小知識

到郵局開戶

到郵局開戶跟銀行一樣，必須準備在留卡、日本健保卡、護照跟印章。同樣地，也有存錢跟自動扣款服務。如果您有申請到獎學金，文部科學省也可以直接匯入郵局帳號，十分方便。

Note 02

あのう、お金を送りたいんですが。

麻煩，我要匯錢。

麻煩，我要匯錢。

A： あのう、お金を送りたいんですが。
anoo, o kane o okuritaindesuga.

那麼，請填寫這份匯款申請單。

B： では、この振込依頼書をお書きください。
dewa, kono furikomi iraisho o okaki kudasai.

日本生活小知識

從台灣匯款到日本，可以因需要而使用幾種方法：1. 金融卡跨國提款，10 萬台幣以內，適合短期旅遊或遊學打工的人；2. 國際郵政匯票，10～30 萬台幣，適合長期留學的人；3. 銀行匯款，30 萬台幣以上，馬上需要用錢的人。

實用單字

● 我想把美金換成日幣。

ドルを<ruby>円<rt>えん</rt></ruby>に<ruby>換<rt>か</rt></ruby>えたいんですが。
doru o en ni kaetain desuga.

人民幣 <ruby>人民幣<rt>じんみんへい</rt></ruby> jinminhee	台幣 <ruby>台湾<rt>たいわん</rt></ruby>ドル taiwan doru
美元 <ruby>USドル<rt>ユーエス</rt></ruby> yuu esu doru	歐元 ユーロ yuuro

Sentence 例句

我想匯錢。
お<ruby>金<rt>かね</rt></ruby>を<ruby>送<rt>おく</rt></ruby>りたいんですが。
okane o okuritain desuga.

我想匯錢到帳戶裡。
<ruby>口座<rt>こうざ</rt></ruby>に<ruby>振込<rt>ふりこ</rt></ruby>みたいんです。
kooza ni furikomitain desu.

我想換錢。
お<ruby>金<rt>かね</rt></ruby>を<ruby>換<rt>か</rt></ruby>えたいんですが。
okane o kaetain desuga.

這張支票我要換現金。
この<ruby>小切手<rt>こぎって</rt></ruby>をお<ruby>金<rt>かね</rt></ruby>に<ruby>換<rt>か</rt></ruby>えたいんですが。
kono kogitte o o kane ni kaetaindesuga.

209

要匯多少錢？

いくら送りますか。
ikura okurimasuka.

那麼，請填寫這份匯款單。

では、この依頼書にお書きください。
dewa, kono iraisho ni okaki kudasai.

對不起，可以教我一下嗎？

すみません。ちょっと教えてください。
sumimasen. chotto oshiete kudasai.

這邊麻煩簽名跟蓋章。

こちらにご署名と印鑑をお願いします。
kochira ni go shomee to inkan o onegaishimasu.

這裡這樣寫可以嗎？

ここの書き方はこれでいいですか。
koko no kakikata wa kore de iidesuka.

手續費要多少錢呢？

手数料はいくらですか。
tesuuryoo wa ikura desuka.

便利商店的 ATM

日本跟我們一樣，便利商店也有 ATM，可以 24 小時利用。

 ● 小知識

現金卡

「キャッシュカード」（現金卡），類似我們的金融卡，可以到 ATM 提款、存款。常見 ATM 螢幕裡的日文「お預け入れ（存款）」、お引き出し「（取款）」、「お振込み（匯款）」、「通帳記入（列印存摺）」。

Note 01

かばんをなくしました。

我行李箱不見了。

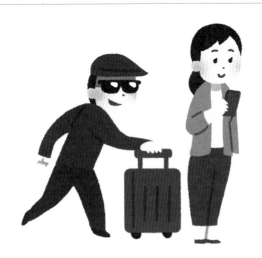

發生了什麼事情了？

A： どうしましたか。
doo shimashitaka.

糟糕了，我行李箱不見了。

B： 困（こま）りました。かばんをなくしました。
komarimashita. kaban o nakushimashita.

日本生活小知識

遇到犯罪、被盜、交通事故馬上打「110」報警專線。順序是：1. 被盜還是交通事故，有沒有人受傷，首先簡單說明狀況；2. 說明自己的姓名、地址；3. 說明附近明顯的標的物，方便巡邏車立即找到地方。最重要的就是要冷靜！

生活單字

● ＿＿＿不見了。

物品 +をなくしました。
o nakushimashita

信用卡		包包	月票
クレジットカード kurejitto kaado		かばん kaban	定期券 (ていきけん) teeki ken

筆	房間鑰匙	相機	行李箱
ペン pen	部屋の鍵 (へやのかぎ) heya no kagi	カメラ kamera	スーツケース suutsu keesu

護照	萬用筆記本	機票	
パスポート pasupooto	手帳 (てちょう) techoo	航空券 (こうくうけん) kookuuken	

● 把＿＿＿忘在＿＿＿了。

場所 +に+ 物 +を忘れました。
ni　　　 o wasuremashita

電車／行李	房間／鑰匙
電車／荷物 (でんしゃ／にもつ) densha／nimotsu	部屋／鍵 (へや／かぎ) heya／kagi

計程車／電腦	公車／皮包	飯店／名產
タクシー／パソコン takushii／pasokon	バス／バッグ basu／baggu	ホテル／みやげ物 (もの) hoteru／miyage mono

餐廳／錢包	保險箱／護照
食堂／財布 (しょくどう／さいふ) shokudoo／saifu	金庫／パスポート (きんこ) kinko／pasupooto

生活單字

● ＿＿＿被偷了。

物品 ＋を盗まれました。
　　　 o nusumaremashita

錢包
さい ふ
財布
saifu

信用卡
クレジットカード
kurejitto kaado

行李箱
スーツケース
suutsu keesu

戒指
ゆび わ
指輪
yubiwa

金融卡
キャッシュカード
kyasshu kaado

金錢
かね
お金
o kane

行李
に もつ
荷物
nimotsu

項鍊
ネックレス
nekkuresu

筆記型電腦
ノートパソコン
nooto pasokon

手錶
うで ど けい
腕時計
ude dokee

● 犯人是＿＿＿。

はんにん
犯人は＋ 人 ＋**です。**
hannin wa　　　　　 desu

年輕男性
わか おとこ
若い男
wakai otoko

矮個子的男性
せ ひく おとこ
背の低い男
se no hikui otoko

長髮的女性
かみ なが おんな
髪の長い女
kami no nagai onna

帶著眼鏡的女性
おんな
めがねをかけた女
megane o kaketa onna

戴眼鏡的男人
おとこ
めがねをかけた男
megane o kaketa otoko

四十歲左右的女人
だい おんな
40代の女
yonjuu dai no onna

年輕女生 わか おんな **若い女** wakai onna	瘦瘦的男人 や おとこ **痩せた男** yaseta otoko
胖的女人 ふと おんな **太った女** futotta onna	戴著帽子的女人 ぼう し おんな **帽子をかぶった女** booshi o kabutta onna
穿青色西裝的男人 あお せ びろ おとこ **青い背広の男** aoi sebiro no otoko	有鬍子的男人 ひげ おとこ **髭のある男** hige no aru otoko

這附近有派出所嗎？
へん こうばん
この辺に交番はありますか。
kono hen ni kooban wa arimasuka.

東西弄丟了。
おと もの
落し物をしました。
otoshimono o shimashita

電車裡遺忘東西了，是雨傘。
でんしゃ わす もの かさ
電車に忘れ物をしたんですが。傘です。
densha ni wasuremono o shitandesuga. kasa desu.
doo shitara ii deshoo

是黑色包包。
くろ
黒いかばんです。
kuroi kaban desu

錢全部被拿去了。

お金を全部取られました。
o kane o zenbu toraremashita

護照不見了。

パスポートがありません。
pasupooto ga arimasen

怎麼辦好？

どうしたらいいでしょう。
doo shitara ii deshoo

裡面有錢包和信用卡。

財布とカードが入っています。
saifu to kaado ga haitte imasu

大概有十萬日圓在裡面。

10万円ぐらい入っていました。
juuman en gurai haitte imashita

在哪裡掉的呢？

どこで落としましたか。
doko de otoshimashitaka.

可能是從車站到郵局之間吧。

たぶん、駅から郵便局に行く間だと思います。
tabun, eki kara yuubinkyoku ni iku aida dato omoimasu.

我知道了。現在確認一下。

わかりました。今確認してみます。
wakarimashita. ima kakunin shite mimasu.

沒有送到這裡喔！

こちらには届いていませんね。
kochira niwa todoite imasenne.

遇到東西偷了怎麼辦？

信用卡被偷或遺失，馬上請銀行停卡。然後，跟派出所、警察署提出被盜被害申報。

215

請填寫遺失表格。
紛失届を書いてください。
funshitutodoke o kaite kudasai

那麼，請填寫這張表格。
では、この用紙に記入してください。
dewa, kono yooshi ni kinyuu shite kudasai.

希望能幫我打電話給發卡公司。
カード会社に電話してほしいです。
kaado gaisha ni denwashite hoshii desu

太好了，找到了。
あった。あった。
atta. atta

你好，我在那裡撿到了錢包。
あのう、そこで財布を拾ったんです。
anoo, soko de saifu o hirottandesu.

這個，掉在公共電話亭了。
これ、電話ボックスに落ちていました。
kore, denwa bokkusu ni ochite imashita.

 ●小知識

日本的派出所

日本的派出所 24 小時都有警察值班。勤務主要有
守望、值班、巡邏、巡迴聯絡、預防及取締竊盜、
暴力事件，還有交通事故處理、迷路指引和受理
遺失物品等內容。

Note 01

こちらは初めてですか。

你是第一次來看病的嗎？

你是第一次來看病的嗎？

A：こちらは初めてですか。
kochira wa hajimetedesuka.

是的，我是第一次。

B：はい。初めてです。
hai. hajimetedesu.

那麼，請在這裡填寫您的姓名及住址。

A：では、こちらにお名前とご住所をお願いします。
dewa, kochira ni o namae to go juusho o onegaishimasu.

日本生活小知識

日本人生病時，病情較輕，會到藥局或藥妝店買藥吃。感冒或肚子痛等小病，一般都到附近不需要預約的小醫院或小診所。病情較重時，小醫院的醫生，會介紹患者到醫療條件跟設備較好的大醫院就診。大醫院大部分需要介紹跟預約，等待時間也比較長。

想去看醫生。
医者に行きたいです。
isha ni ikitai desu

請叫醫生來。
医者を呼んでください。
isha o yonde kudasai

請叫救護車。
救急車を呼んでください。
kyuukyuu sha o yonde kudasai

喂！我要叫救護車。
もしもし、救急車お願いします。
moshimoshi, kyuukyuusha onegaishimasu.

你還好嗎？
大丈夫ですか。
daijoobu desuka.

醫院在哪裡？
病院はどこですか。
byooin wa doko desuka

診療時間是幾點到幾點？
診察時間は何時から何時までですか。
shinsatsu jikan wa nanji kara nanji made desuka

身體不舒服。
気分が悪いです。
kibun ga warui desu

朋友倒下去了。
友だちが倒れました。
tomodachi ga taoremashita

有點發燒。
熱_{ねつ}があります。
netsu ga arimasu

醫生在哪裡？
お医者_{いしゃ}さんはどこですか。
oishasan wa doko desuka

可以使用手機嗎？
ケータイを使_{つか}ってもいいですか。
keetai o tsukattemo iidesuka.

醫院裡不可以使用手機。
病院_{びょういん}の中_{なか}ではケータイを使_{つか}ってはいけません。
byooin no naka dewa keetai o tsukattewa ikemasen.

好用單字		
風邪 かぜ kaze	／感冒
心臓病 しんぞうびょう shinzoo byoo	／心臟病
高血圧 こうけつあつ koo ketsuatsu	／高血壓
糖尿病 とうにょうびょう toonyoo byoo	／糖尿病
胃潰瘍 い かいよう ikaiyoo	／胃潰瘍
肺炎 はいえん haien	／肺炎
花粉症 か ふんしょう kafun shoo	／花粉症

好用單字		
インフルエンザ infuruenza	／流行性感冒
ぜんそく zensoku	／氣喘
盲腸（虫垂炎） もうちょう ちゅうすいえん moochoo(chuusuien)	／盲腸炎
アレルギー arerugii	／過敏
骨折 こっせつ kossetsu	／骨折
ねんざ nenza	／挫傷
便秘 べん ぴ benpi	／便秘

N o t e　0 1

どうなさいましたか。

你怎麼啦！
* * * *

61

你怎麼啦！

A：どうなさいましたか。
doonasaimashitaka.

我咳得很厲害。

B：咳がひどいです。
せき
seki ga hidoidesu.

喉嚨感覺如何？

A：のどは。
nodo wa.

喉嚨會痛。

B：のども痛いです。
いた
nodo mo itaidesu.

是感冒了。量一下體溫吧！

A：風邪ですね。熱を計ってみましょう。
かぜ　　　ねつ　はか
kaze desune. netsu o hakatte mimashoo.

日本生活小知識

看診時，如果需要中文翻譯，可以向學校或學長、地方國際交流協會等團體詢問。他們會提供哪些醫院可以用中文來就診的。要是常去的小醫院，熟悉的醫生會比較瞭解患者的身體狀況。

生活單字

● 怎麼了？

Q: どうしましたか。
doo shimashitaka

● 感到_____。

A: 症状 ＋がします。
ga shimasu

（想）吐
吐き気
は　き
hakike

發冷	頭暈	頭疼	耳鳴
寒気	目眩	頭痛	耳鳴り
さむ け	め まい	ず つう	みみ な
samuke	memai	zutsuu	miminari

● _____痛。

身體 ＋が痛いです。
いた
ga itaidesu

		頭	肚子
		頭	おなか
		あたま	
		atama	onaka

手肘		腳	
腕		足	
うで		あし	
ude		ashi	

腰部	眼睛	耳朵	
腰	目	耳	
こし	め	みみ	
koshi	me	mimi	

膝蓋	牙齒	喉嚨
ひざ	歯	のど
	は	
hiza	ha	nodo

會咳嗽。
咳が出ます。
seki ga demasu

不舒服。
気持ちが悪いです。
kimochi ga warui desu

我昨天吐了。
昨日、吐きました。
kinoo, hakimashita.

從昨天開始肚子就一直很痛。
昨日からずっとおなかが痛いです。
kinoo kara zutto onaka ga itaidesu.

感冒了。
風邪を引きました。
kaze o hikimashita

打嗝打個不停。
しゃっくりが止まりません。
shakkuri ga tomarimasen

拉肚子。
下痢をしています。
geri o shite imasu

沒有食慾。
食欲がありません。
shokuyoku ga arimasen

發燒了。
熱があります。
netsu ga arimasu

全身無力。
だるいです。
darui desu

這邊很癢。
この辺がかゆいです。
kono hen ga kayuidesu.

Note 03

花粉症かもしれませんね。

可能是得了花粉症。

鼻水流個不停。眼睛也很癢。

A： 鼻水が止まりません。目もひどくかゆいです。
hanamizu ga tomarimasen. me mo hidoku kayuidesu.

眼睛都紅了。

B： 目がだいぶ赤くなっていますね。
me ga daibu akaku natte imasune.

流眼淚，也流鼻水，非常難受。

A： 涙といっしょに鼻水も出ています。辛いです。
namida to issho ni hanamizu mo deteimasu. tsuraidesu.

可能是得了花粉症。做一下檢查吧！

B： 花粉症かもしれませんね。検査してみましょう。
kafunshoo kamo shiremasenne. kensa shite mimashoo.

日本生活小知識

在日本看病流程，跟台灣差不多。「先在櫃臺繳交健保卡，領掛號證→初診的人要填寫初診單→就診後到櫃臺結帳領處方箋→拿處方箋到附近藥局，自行購買藥物」。

我來聽一下你胸部的聲音。（用聽診器）
胸の音を聞かせてください。
mume no oto o kikasete kudasai.

感覺如何？
気分はどうですか。
kibun wa doo desuka

請張開嘴巴。
口を開けてください。
kuchi o akete kudasai

請讓我看看眼睛。
目を見せてください。
me o misete kudasai

請把衣服脫掉。
服を脱いでください。
fuku o nuide kudasai

請躺下來。
横になってください。
yoko ni natte kudasai

請深呼吸。
深呼吸してください。
shinkokyuu shite kudasai

這裡會痛嗎？
この辺は痛いですか。
kono hen wa itai desuka

今天吃了什麼了？
今日は何を食べましたか。
kyoo wa nani o tabemashitaka.

有無健保的差別

看病時，有健保醫療費大約是 1,500 日圓～2,500 日圓（不含藥費）；沒有健保大約是 5,000 日圓～8,500 日圓。

生病了

到目前為止有沒有生過什麼大病？

今まで大きな病気になったことがありますか。

ima made ookina byooki ni natta koto ga arimasuka.

請去取一下小便。

お小水を取ってきてください。

o shoosui o totte kite kudasai.

食物中毒。

食あたりですね。

shokuatari desune

開藥方給你。

薬を出します。

kusuri o dashimasu

打個針吧！

注射をしましょう。

chuusha o shimashoo.

塗上藥膏。

薬を塗ります。

kusuri o nurimasu

好用單字

熱っぽい netsuppoi	／好像發燒
だるい darui	／很疲倦
鼻水 hanamizu	／流鼻水
くしゃみ kushami	／打噴嚏
せき seki	／咳嗽

好用單字

腫れる hareru	／紅腫
汗 ase	／汗
痛み itami	／疼痛
痰 tan	／痰

Note 01

薬を出します。

開藥給你。

63

開藥給你。

A：薬を出します。
kusuri o dashimasu.

好的。

B：はい。
hai.

一天吃三次，請飯後吃。暫時要多休息一下。

A：1日3回、食後に飲んでください。
しばらく休んでください。
ichinichi sankai, shokugo ni nonde kudasai.
shibaraku yasunde kudasai.

好的，謝謝。

B：わかりました。ありがとうございました。
wakarimashita. arigatoo gozaimashita.

多休息吧！

A：どうぞお大事に。
doozo o daijini.

日本生活小知識

在日本，綜合性大醫院通常有附設藥局可以拿藥，但是一般小醫院或小診所就
沒有了。所以醫生會開一張處方箋，患者要拿著處方箋到附近的藥局去拿藥，
並且另外支付藥費。

Sentence 例句

會過敏嗎？

アレルギーはありますか。
arerugii wa arimasuka

我開三天份的藥。

薬を三日分出します。
kusuri o mikka bun dashimasu

一天請服三次藥。

薬は1日3回飲んでください。
kusuri wa ichinichi sankai nonde kudasai

早中晚都要吃藥。

朝、昼、晩に飲んでください。
asa, hiru, ban ni nonde kudasai

請在睡前吃藥。

寝る前に飲んでください。
neru mae ni nonde kudasai

請在飯後服用。

食後に飲んでください。
shokugo ni nonde kudasai

發燒時吃這包藥。

熱が出たら飲んでください。
netsu ga detara nonde kudasai

請將這個軟膏塗抹在傷口上。

この軟膏を傷に塗ってくだい。
kono nankoo o kizu ni nutte kudasai

這是漱口用藥。

これはうがい薬です。
kore wa ugai gusuri desu

是抗生素。
抗生物質です。
koosee busshitsu desu

請多保重。
お大事に。
o daiji ni

請開診斷書給我。
診断書をお願いします。
shindansho o onegai shimasu

最好是戴上口罩。
マスクをつけた方がいいです。
masuku o tsuketa hoo ga ii desu

請不要泡澡。
お風呂に入らないでくださいね。
o furo ni hairanaide kudasaine

也不可以沖澡喔！
シャワーもだめですよ。
shawaa mo damedesuyo.

不要看書看太晚，要好好休息。
あまり遅くまで勉強しないで、よく休んでください。
amari osoku made benkyoo shinaide, yoku yasunde kudasai.

● 小知識

看牙醫的費用

看牙醫一般需要事先預約，初診費比較貴，有加入健保約 2,000 日圓～ 3,000 日圓；沒有加入健保，約 10,000 日圓～ 30,000 日圓不等。至於醫療時間，醫生會就治療情況，來斟酌，通常需要一到兩個月左右。

<ruby>風邪<rt>か ぜ</rt></ruby><ruby>薬<rt>ぐすり</rt></ruby> kaze gusuri	／感冒藥
<ruby>胃腸<rt>い ちょう</rt></ruby><ruby>薬<rt>やく</rt></ruby> ichoo yaku	／胃腸藥
<ruby>鎮痛剤<rt>ちんつうざい</rt></ruby> chintsuu zai	／鎮痛劑
<ruby>目<rt>め</rt></ruby><ruby>薬<rt>ぐすり</rt></ruby> me gusuri	／眼藥水
<ruby>痛<rt>いた</rt></ruby>み<ruby>止<rt>ど</rt></ruby>め itami dome	／止痛
<ruby>熱<rt>ねつ</rt></ruby>さまし netsu samashi	／退燒（藥）
<ruby>軟膏<rt>なんこう</rt></ruby> nankoo	／軟膏

<ruby>塗<rt>ぬ</rt></ruby>り<ruby>薬<rt>ぐすり</rt></ruby> nuri gusuri	／塗抹用藥
<ruby>飲<rt>の</rt></ruby>み<ruby>薬<rt>ぐすり</rt></ruby> nomi gusuri	／飲用藥
<ruby>抗生物質<rt>こうせいぶっしつ</rt></ruby> koosee busshitsu	／抗生素
うがい<ruby>薬<rt>ぐすり</rt></ruby> ugai gusuri	／漱口用藥
<ruby>頓服<rt>とんぷく</rt></ruby> tonpuku	／一次服下（藥）
ビタミン<ruby>剤<rt>ざい</rt></ruby> bitamin zai	／維他命
<ruby>咳<rt>せき</rt></ruby><ruby>止<rt>ど</rt></ruby>め seki dome	／止咳

Note 01

もしもし、王と申します。

喂！我姓王。

喂！我姓王。高橋小姐在嗎？

A： もしもし、王と申します。
高橋さんはいらっしゃいますか。
moshimoshi, oo to mooshimasu. takahashi san wa irasshaimasuka.

高橋小姐嗎？請稍等一下。

B： 高橋ですね。少々お待ちください。
takahashi desune. shooshoo omachi kudasai.

日本生活小知識

在日本打電話，由於彼此看不到對方，所以除了家人或比較熟悉的人以外，對長輩或不太熟悉的人通常都會用敬語。一聽到敬語，是不是感到很頭痛呢？其實只要下一點小功夫，再靈活套用，就熟能生巧了。

生活單字

● 您好！是田中老師的家嗎？
もしもし、田中先生のお宅ですか。
moshi moshi, tanaka sensee no otaku desuka.

鈴木部長
鈴木部長
suzuki buchoo

林先生
林さん
rin san

佐藤課長
佐藤課長
satoo kachoo

村上院長
村上院長
murakami inchoo

● 敝姓李。
李と申しますが。
ri to mooshimasuga.

早稲田大學的佐藤
早稲田大学の佐藤
waseda daigaku no satoo

台灣來的姓林
台湾の林
taiwan no rin

美國的叫喬治
アメリカのジョージ
amerika no jooji

東京銀行的山田
東京銀行の山田
tookyoo ginkoo no yamada

王子飯店的櫃臺
プリンスホテルの受付
purinsu hoteru no uketsuke

鴿子巴士的人
はとバスの者
hato basu no mono

許
許
kyo

高
高
koo

● 高橋小姐在嗎？
高橋さん、いらっしゃいますか。
takahashi san, irasshaimasuka.

山村
山村
yamamura

清水
清水
shimizu

千葉
千葉
chiba

田中
田中
tanaka

麻煩接高橋小姐。
高橋さん、お願いします。
takahashi san, onegai shimasu.

啊！是高橋小姐嗎？我是小李。
あ、高橋さんですか。李です。
a, takahashi san desuka. ri desu.

好久不見。
ご無沙汰しております。
gobusata shite orimasu.

現在說話方便嗎？
今、お話ししてもよろしいですか。
ima, ohanashishitemo yoroshiidesuka.

現在，時間上方便嗎？
今、お時間大丈夫ですか。
ima, o jikan daijoobu desuka.

不好意思，我想請問一下。
あの、ちょっとお尋ねしたいこ
とがありまして。
ano, chotto otazuneshitai koto ga arimashite.

好的，沒問題的。
ええ、大丈夫ですよ。
ee, daijoobu desuyo.

你知道王先生的電子郵局嗎？
王さんのメルアド、知ってますか。
oo san mo meruado, shittemasuka.

靈活應用附和的說法

對方在說話的時候，
要隨時附和回應，如
果您一昧保持沈默，
對方會以為您不感興
趣喔。

高橋小姐，現在不在喔。
高橋さんは、今いませんが。
takahashi wa, ima imasenga.

他人什麼時候回來呢？
いつごろお戻りでしょうか。
itsugoro omodori deshooka.

那麼，我再打電話。
じゃ、またお電話します。
ja, mata odenwa shimasu.

那麼，我打他手機看看。
では、携帯電話の方に電話してみます。
dewa, keetaidenwa no hoo ni denwa shite mimasu.

那麼，麻煩幫我留言。
では、伝言をお願いします。
dewa, dengon o onegai shimasu.

接電話

日本人接電話的時候，習慣上會先報上自己的姓名、自己的家或自己的公司名。然後再開始談話。

 ●小知識

講話要清晰、緩慢

講電話的時候，由於看不到對方的表情、動作，所以記得說話要清楚、緩慢。中途停頓一下，讓對方反應或記錄。還有切忌說「わかりましたか？」（你懂嗎？）這類直接但讓人感到不親切的話喔！

喂！媽，我在日本很好啦！

請轉達我有打電話給他。

電話があったとお伝えください。
denwa ga atta to otsutae kudasai.

那麼,再見。

では、失礼します。
dewa, shitsuree shimasu.

我想牽電話,不知道要花都少錢?

電話を引きたいのですが、費用はいくらかかりますか。
denwa o hikitainodesuga, hiyoo wa ikura kakarimasuka.

費用是95,000日圓。

費用は95,000円です。
hiyoo wa kyuuman gosen en desu.

安裝費大約是10,000日圓。

工事費は10,000円くらいかかります。
kooji hi wa ichiman en kurai kakarimasu.

安裝時間大約一個星期。

取り付けはだいたい 1 週間くらいです。
toritsuke wa daitai isshuukan kurai desu.

用skype打國際電話是免費的。

スカイプは国際電話は無料です。
sukaipu wa kokusaidenwa wa muryoo desu.

 ● 小知識

簡單的寒暄,作用很大喔

知道對方是誰了以後,習慣開頭要進行簡單的寒暄。如果是客戶,最常說「いつもお世話になっております」(總是承蒙您的照顧);如果跟對方有一段時間沒有碰面,説「ごぶさたしております」(好久不見);在夜晚打電話,禮貌上説「夜分遅くおそれいります」(抱歉,這麼晚打電話給您)。

N o t e 0 2

もしもし、高橋です。今どこにいますか。

喂！我是高橋，你現在在哪裡？

喂！我姓王。

A： はい、王です。

hai, oodesu.

喂！我是高橋，你現在在哪裡？

B： もしもし、高橋です。今どこにいますか。

moshimoshi, takahashi desu. ima doko ni imasuka.

在車站裡的便利商店前面。

A： 駅のコンビニの前にいます。

eki no konbini no mae ni imasu.

日本生活小知識

接電話時，為了跟對方表示自己聽懂了，自己正在聽，請繼續講下去，一般習慣在對方講話停頓的時候，回答一聲「はい」（是的）。如果沒有聽清楚對方講的話，可以説「すみませんが、もう一度おっしゃってください」（抱歉，請您再講一次）。

實用單字

● 您好！我姓王。
もしもし、王でございます。
moshi moshi, oo de gozaimasu.

張 ちょう **張** choo	陳 ちん **陳** chin
劉 りゅう **劉** ryuu	楊 よう **楊** yoo

Sentence 例句

喂！我是高橋。
もしもし、高橋です。
moshimoshi, takahashi desu.

您是哪位？
どちら様でしょうか。
dochira sama deshooka.

是的，請稍等一下。
はい、少々お待ちください。
hai, shooshoo omachi kudasai.

石田，現在不在位上。
石田は、ただ今席を外しております。
ishida wa, tada ima seki o hazushite orimasu.

石田外出了。
石田は、外出しているんですが。
ishida wa, gaishutsu shite irundesuga.

我想他兩小時左右就回來。
あと２時間ぐらいで戻ると思いますが。
ato ni jikan gurai de modoru to omoimasuga.

他說今天會晚一點回來。
今日は遅くなると申しておりました。
kyoo wa osoku naru to mooshite orimashita.

讓他回您電話好嗎？
こちらからお電話いたしましょうか。
kochira kara odenwa itashimashooka.

請問您的電話號碼？
お電話番号をお願いします。
odenwa bangoo o onegai shimasu.

給您手機電話好嗎？
携帯電話の番号をお教えしましょうか。
keetaidenwa no bangoo o ooshie shimashooka.

那麼，再見。
では、失礼します。
dewa, shitsuree shimasu.

 ●小知識

結束電話的禮節

通話結束時，日本人一般說「失礼します」來代替「さようなら」（再見）。如果是在晚上，習慣說「お休みなさい」（晚安）。還有一點很重要喔！講完之後，切忌馬上放下話機，停一下確認對方也準備放下話機，再輕輕掛上電話！

237

Note 01

日曜日、お祭りを見に行きませんか。
にちようび　　　まつ　　　　み　い

星期日，要不要去看慶典？

66

星期日，要不要去看慶典？

A：日曜日、お祭りを見に行きませんか。
にちようび　　まつ　　　み　い

nichiyoobi, omatsuri o mini ikimasenka.

這提議不錯，什麼樣的慶典呢？

B：いいですね。どんな祭りですか。
まつ

iidesune. donna matsuri desuka.

是燈籠祭。把燈籠戴在頭上，優雅地跳著傳統舞蹈的慶典。

A：灯籠祭りです。灯籠を頭に載せて、優雅に踊
とうろうまつ　　　　　とうろう　あたま　の　　　ゆうが　　おど
る祭りです。
まつ

tooroo matsuri desu. tooroo o atama ni nosete, yuuga ni odoru
matsuri desu.

很棒的樣子。太叫人期待了。

B：そうですか。それは楽しみです。
たの

soo desuka. sore wa tanoshimi desu.

日本生活小知識

日本真的是最愛慶典的國家了，每年，在全國各地，一年四季都舉辦著五花八門的慶典活動。每一個祭典都有不同的特色，有些屬於安靜沈思性質，而有些則熱鬧喧擾，個個都很有看頭。

生活單字

想_____。

名詞(を……)。 + 動詞 + たいです。
tai desu

煙火／看
花火を／見
hanabi o／mi

慶典／看
お祭りを／見
omatsuri o／mi

迪士尼樂園／去
ディズニーランドへ／行き
dizuniirando e／iki

在游泳池／游泳
プールで／泳ぎ
puuru de／oyogi

往山上／去
山へ／行き
yama e／iki

日本料理／吃
日本 料理を／食べ
nihon ryoori o／tabe

購物
買い物を／し
kaimono o／shi

 ● 小知識

日光（栃木）

位於栃木縣，日本最具盛名的觀光地；以溫泉知名，而「日光東照宮」、「日光二荒山神社」、「日光山輪王寺」也被列入世界文化遺產保護。日光東照宮，是德川幕府第一代將軍德川家康的家廟。

Sentence 例句

近代美術館在哪裡？
近代美術館はどこですか。
kindai bijutsukan wa doko desuka

博物館現在有開嗎？
博物館は今開いていますか。
hakubutsukan wa ima aite imasuka

這裡可以買票嗎？
ここでチケットは買えますか。
koko de chiketto wa kaemasuka

這個折價券可以用嗎？
この割引券、使えますか。
kono waribikiken, tsukaemasuka.

我帶了禮券。
クーポン持ってきました。
kuupon motte kimashita.

名產店在哪裡？
みやげ物店はどこにありますか。
miyagemono ten wa doko ni arimasuka

裡面有餐廳嗎？
中にレストランはありますか。
naka ni resutoran wa arimasuka.

有沒有什麼好玩的地方呢？
なにか面白いところはありますか。
nanika omoshiroi tokoro wa arimasuka

有壯麗的寺廟嗎？
きれいなお寺はありますか。
kiree na o tera wa arimasuka

240

請推薦一下飯店。
ホテルを紹介してください。
hoteru o shookai shite kudasai

65歲以上的客人，是免費的。
65歳以上の方は、無料です。
rokujuugosai ijoo no kata wa, muryoo desu.

請給我地圖。
地図をください。
chizu o kudasai

 ● 小知識

日本三大煙花

土浦全國花火競技會：可以觀賞明年最新的煙花作品；天神祭奉納花火：
慶典活動最後一項節目就是放煙火拜祭天神；全國花火競技會：是擁有
傳統歷史的煙花大會。

Note 02

街の観光案内はありますか。

まち　かんこうあんない

有市區街道的觀光指南嗎？

* * * * * * * * * *

您需要什麼呢？

A： 何かお探しですか。
なに　　　さが

nanika osagashidesuka.

有市區街道的觀光指南嗎？

B： 街の観光案内はありますか。
まち　かんこうあんない

machi no kankoo annai wa arimasuka.

日本生活小知識

到日本觀光，有手冊就很方便了，除了可以安排行程，還有一些優惠活動，好康報你知的。因此，一到觀光地，就可以在景點、車站、遊客服務中心、觀光協會、旅館、售票處等免費索取喔！

實用單字

● 我要＿＿＿。

名詞 ＋がいいです。
ga ii desu

歷史巡遊	美術館巡遊	名勝巡遊	一日行程
歴史めぐり れきし	美術館めぐり びじゅつかん	名所めぐり めいしょ	1日コース にち
rekishi miguri	bijutsukan meguri	meesho meguri	ichinichi koosu

半天行程	下午行程
半日コース はんにち	午後コース ご ご
hannichi koosu	gogo koosu

Sentence 例句

給您中文的說明書。
中国語の説明書を差し上げます。
ちゅうごく ご　せつめいしょ　さ　あ
chuugokugo no setsumeesho o sashiagemasu.

您希望哪一天呢？
ご希望は何日ですか。
き ぼう　なんにち
go kiboo wa nannichi desuka.

日語導遊每天都有，但中文導遊只有星期天而已。
日本語ガイドは毎日ですが、中国語は日曜だけです。
に ほん ご　　　　まいにち　　　　　ちゅうごく ご　にちよう
nihongo gaido wa mainichi desuga, chuugokugo wa nichiyoo dake desu.

有中文導遊嗎？
中国語のガイドはいますか。
ちゅうごく ご
chuugokugo no gaido wa imasuka .

有英文導遊嗎？
英語のガイドはいますか。
eego no gaido wa imasuka

有附餐嗎？
食事は付きますか。
shokuji wa tsukimasuka

什麼時候出發呢？
いつ出発しますか。
itsu shuppatsu shimasuka.

每週的星期一。
毎週月曜日です。
maishuu getsuyoobi desu.

去哪裡呢？
どこに行きますか。
doko ni ikimasuka.

要到什麼地方呢？
どんなところに行きますか。
donna tokoro ni ikimasuka

> **秋天就是要吃好吃的**
>
> 秋天就是要吃北海道的
> 帝王蟹、毛蟹，北陸的
> 松葉蟹、鮑魚、甜蝦等，
> 再配上時令蔬果等，絕
> 對讓您的味蕾起飛。

去北海道。
北海道です。
hokkaidoo desu.

什麼好玩呢？
何が楽しみですか。
nani ga tanoshimi desuka.

哪個有趣呢？
どれが面白いですか。
dore ga omoshiroi desuka

螃蟹吃到飽跟泡溫泉。
かに食べ放題と温泉です。
kani tabehoodai to onsen desu.

坐什麼去呢？

なんで行きますか。

nande ikimasuka.

觀光巴士。

観光バスです。

kankoo basu desu.

在哪裡吃午餐呢？

どこで昼ご飯を食べますか。

doko de hirugohan o tabemasuka.

在花飯店吃。

花ホテルで食べます。

hana hoteru de tabemasu.

上午觀賞寺院，下午餐參觀啤酒工廠。

朝はお寺を見て、午後はビール工場を見学します。

asa wa o tera o mite, gogo wa biiru koojoo o kengaku shimasu.

這個團，可以免費泡溫泉。

このツアーでは、無料で温泉に入ることができます。

kono tsuaa dewa, muryoo de onsen ni hairu koto ga dekimasu.

幾點回來？

何時に戻りますか。

nanji ni modorimasuka

在哪裡集合呢？

どこに集まればいいですか。

doko ni atsumareba ii desuka

請10分鐘前集合。

10分前までに集合してください。

juppun mae made ni shuugoo shite kudasai.

観光

245

Note 03

ここで、みんなで写真を撮りませんか。

我們要不要在這裡拍個照？
* * * * * * * * *

我們要不要在這裡拍個照？

A：ここで、みんなで写真を撮りませんか。
koko de, minna de shashin o torimasenka.

好啊！我們拍照吧！

B：いいですね。撮りましょう。
iidesune. torimashoo.

麻煩一下，能否請您幫我們拍照呢？

A：すみません。写真を撮っていただけませんか。
sumimasen. shashin o totte itadakemasenka.

好的。

B：いいですよ。
iidesuyo.

觀光

實用單字

● 可以＿＿＿＿嗎？

名詞＋を＋動詞＋もいいですか。
　　　 o　　　　　　 mo ii desuka

照片／照	煙／抽	這個／觸摸	箱子／打開
写真／撮って	タバコ／吸って	これ／触って	箱／開けて
shashin/totte	tabako/sutte	kore/sawatte	hako/akete

聲音／喊出	V8／拍攝
声／出して	ビデオ／撮って
koe/dashite	bideo/totte

Sentence 例句

可以幫我拍照嗎？
写真を撮っていただけますか。
shashin o totte itadakemasuka

只要按這裡就行了。
ここを押すだけです。
koko o osu dake desu

可以一起照張相嗎？
一緒に写真を撮ってもいいですか。
issho ni shashin o tottemo ii desuka

麻煩再拍一張。
もう１枚お願いします。
moo ichimai onegai shimasu

請把那個一起拍進去。

あれと一緒に撮ってください。

are to issho ni totte kudasai

外面可以拍照，但裡面請不要拍照。

外側は撮ってもいいですが、中ではご遠慮ください。

sotogawa wa tottemo iidesuga, naka dewa go enryo kudasai.

這裡禁止攝影。

こちらは撮影禁止となっております。

kochira wa satsuee kinshi to natte orimasu.

請勿使用自拍桿。

自撮り棒はご遠慮いただいております。

jidoriboo wa go enryo itadaite orimasu.

請不要在這裡抽煙。

ここでたばこを吸わないでください。

koko de tabako o suwanaide kudasai.

這是在原宿自拍的照片。

これは原宿での自撮り写真です。

kore wa harajuku deno jidori shashin desu.

把自拍的照片上傳到照片牆。

自撮り写真をインスタグラムにアップしましょう。

jidori shashin o insutaguramu ni appu shimashoo.

Note 04

京都はどんなところですか。

京都是個什麼樣的地方？

京都是個什麼樣的地方？

A：京都はどんなところですか。
kyooto wa donna tokoro desuka.

很美的地方。有許多著名的寺廟。

B：とても美しいところです。有名なお寺が多いです。
totemo utsukushii tokoro desu. yuumeena o tera ga ooidesu.

日本生活小知識

京都是日本平安時代的首都，因而遺留下許多古建築，保留許多古色古香的文化風格；藝妓、神社、「京都御所」等，都是世界知名的觀光點。

實用單字

很棒的／畫
素敵な／絵
suteki na／e

很漂亮的／和服
きれいな／着物
kiree na／kimono

很棒的／作品
すばらしい／作品
subarashii sakuhin

很棒的／建築物
すごい／建物
sugoi／tatemono

壯大的／雕像
大きな／像
ooki na／zoo

雄偉的／雕刻
立派な／彫刻
rippa na／chookoku

美麗的／陶瓷器皿
美しい／陶器
utsukushii／tooki

Sentence 例句

入場費多少？
入場料はいくらですか。
nyuujooryoo wa ikura desuka

有館內導覽服務嗎？
館内ガイドはいますか。
kannai gaido wa imasuka

幾點休館？
何時に閉館ですか。
なんじ　へいかん
nanji ni heekan desuka

小孩多少錢？
こどもはいくらですか。
kodomo wa ikura desuka

有中文說明嗎？
中国語の説明はありますか。
ちゅうごく　ご　せつめい
chuugokugo no setsumee wa arimasuka

明けまして
おめでとうございます

我要風景明信片。
絵はがきがほしいです。
え
e hagaki ga hoshii desu

這裡空氣很好，感覺好舒服喔！
ここは空気がきれいで、気持ちいいですね。
くうき　　　　　　　　き　も
koko wa kuuki ga kiree de, kimochi iidesune.

人多很熱鬧。
人が多くてにぎやかですね。
ひと　おお
hito ga ookute nigiyakadesune.

這裡很安靜，也非常漂亮。
ここは静かで、とてもきれいなところですね。
しず
koko wa shizukade, totemo kireena tokoro desune.

● 小知識

日本人為什麼愛泡湯？

日本有很多火山地型，也因此，產生了日本人酷愛泡湯的特殊文化。當然也是「禦寒」、也能「湯治」、更能「文化風雅」，溫泉對於日本人來說，是一種享受，更是生活中必不可少的。

Note 05

すみません。前の列は満席です。

很對不起，前排都客滿了。

我要前排的票。

A： 前の列のチケットがほしいです。
mae no retsu no chiketto ga hoshiidesu.

很對不起，前排都客滿了。後排的話還有位子。

B： すみません。前の列は満席です。後ろの列なら
ございます。
sumimasen. mae no retsu wa manseki desu. ushiro no retsu nara
gozaimasu.

日本生活小知識

「人生如戲，戲如人生」，透過電影、戲劇、歌舞伎等，會告訴您很多事情，
無形中會變成一股很大的力量，藏在您的生命中。

實用單字

● 給我_____。

名詞 ＋数量＋お願いします。

ねが

onegai shimasu

成人／兩張 **大人／ 2枚** おとな　まい otona／nimai	學生／一張 **学生／ 1枚** がくせい　まい gakusee／ichimai	小孩／兩張 **こども／ 2枚** まい kodomo／nimai
大人／十張 **大人／ 10枚** おとな　まい otona／juumai		國中生／三張 **中学生／ 3枚** ちゅうがくせい　まい chuugakusee／sanmai

Sentence 例句

售票處在哪裡？

チケット売り場はどこですか。

う　ば

chiketto uriba wa doko desuka

學生有折扣嗎？

学生割引はありますか。

がくせいわりびき

gakusee waribiki wa arimasuka

給我看一下學生證。

学生証をお見せください。

がくせいしょう　み

gakuseeshoo o omise kudasai.

我要一樓的位子。

1階の席がいいです。

かい　せき

ikkai no seki ga ii desu

座位全都是自由座。
座席は全席自由です。
zaseki wa zenseki jiyuu desu.

有沒有更便宜的座位？

もっと安い席はありますか。
motto yasui seki wa arimasuka

坐哪個位子比較好觀看呢？

どの席が見やすいですか。
dono seki ga miyasui desuka

一張多少錢？

1枚いくらですか。
ichimai ikura desuka

請給我三張。

3枚ください。
sanmai kudasai

我去買個飲料吧！

何か飲み物を買ってきましょうか。
nanika nomimono o katte kimashooka.

 ●小知識

マージャン（麻將）

從中國傳入的一種遊戲；四人成一局，共 130 左右張牌，有各式牌色與組合規定，依照規定輪流發牌出牌，再依照牌色決定勝負，極需腦力。

Note 06

演奏とてもすごかったですね。

演奏實在太棒啦！

演奏實在太棒啦！

A：演奏とてもすごかったですね。
ensoo totemo sugokattadesune.

是啊！太叫人感動了。

B：ええ、とても感動しました。
ee, totemo kandoo shimashita.

日本生活小知識

到日本，除了追星聽演唱會之外，也可以參加由日本國內音樂家參加的音樂大會、各種不同風格的搖滾音樂家，通宵達旦的音樂會、伊豆的舞蹈音樂大會。還有寶塚、歌舞伎，都很值得看的。

實用單字

● 我想看_____。

名詞 ＋を見たいです。
o mitai desu

音樂會 **コンサート** konsaato	電影 映画（えいが） eega
歌劇 **オペラ** opera	歌舞伎（かぶき） **歌舞伎** kabuki

Sentence 例句

目前受歡迎的電影是哪一部？
今、人気のある映画は何ですか。
ima, ninki no aru eega wa nan desuka

這個樂團很有人氣喔！
このバンドは人気があります。
kono bando wa ninki ga arimasu.

會上映到什麼時候？
いつまで上演していますか。
itsu made jooen shite imasuka

下一場幾點放映？
次の上映は何時ですか。
tsugi no jooee wa nanji desuka

幾分前可以進場？
何分前に入りますか。
nanpun mae ni hairimasuka

芭蕾舞幾點開演？
バレエの上演は何時ですか。
baree no jooen wa nanji desuka

中間有休息嗎？
休憩はありますか。
kyuukee wa arimasuka

中間休息20分。
途中、20分の休憩がございます。
tochuu, nijuppun no kyuukee ga gozaimasu.

裡面可以喝果汁嗎？
中でジュースを飲んでいいですか。
naka de juusu o nonde ii desuka

電影院裡請不要吃東西。
ホール内でのご飲食はご遠慮ください。
hooru nai deno go inshoku wa go enryo kudasai.

 ● 小知識

寶塚歌劇團

日本寶塚歌劇團誕生在 100 年前的日本寶塚市。最初是為了振興當地的溫泉旅遊，由一個少女歌唱團組成演出。沒想到全員女生，再加上新穎的表演與舞臺效果，在當時產生了極大的轟動。現在寶塚歌劇團的魅力，除了男角由女性「反串」演出之外，精緻的妝容，華美的服飾，絢麗的燈光和壯麗的交響樂效果，讓觀眾能在幾小時間，沉溺在夢幻般的世界，忘記一切煩惱。

Note 07

歌、上手ですね。歌手ですか。

歌唱得真好。你是歌手嗎？

歌唱得真好。你是歌手嗎？

A：歌、上手ですね。
uta, joozu desune.

哪裡，你過獎了。

B：そんなことはありませんよ。
sonna koto arimasen'yo.

你是歌手嗎？

A：歌手ですか。
kashu desuka.

不，不是的。

B：いいえ、そうじゃありません。
iie, sooja arimasen.

日本生活小知識

到日本什麼便宜呢？卡拉 OK 一定在清單裡。日本的卡拉 OK，其實跟台灣差不多，但比台灣低調多了。一般日本上班族、同學、甚至教授跟學生，都會約著一起去唱歌。跟喝酒一樣，藉著卡拉 OK 可以拉近人與人之間的距離喔。

實用單字

● _____ 多少？

数量 ＋いくらですか。
ikura desuka

一小時 **1時間** ichijikan	一個人 **一人** hitori	30分鐘 **30分** sanjuppun
小孩／一個人 **こども／一人** kodomo／hitori		果汁／一瓶 **ジュース／一つ** juusu／hitotsu

Sentence 例句

去唱卡拉OK吧！
カラオケに行きましょう。
karaoke ni ikimashoo

基本消費多少？
基本料金はいくらですか。
kihon ryookin wa ikuradesuka

可以延長嗎？
延長はできますか。
enchoo wa dekimasuka

遙控器如何使用？
リモコンはどうやって使いますか。
rimokon wa dooyatte tsukaimasuka

有什麼歌曲？
どんな曲がありますか。
donna kyoku ga arimasuka

也有中文歌嗎？
中国語の歌もありますか。
chuugokugo no uta mo arimasuka.

我唱鄧麗君的歌。
私はテレサ・テンを歌います。
watashi wa teresa ten o utaimasu

我想唱SMAP的歌。
SMAPの歌を歌いたいです。
sumappu no uta o utai tai desu

一起唱吧!
一緒に歌いましょう。
issho ni utaimashoo

接下來唱什麼歌？
次は何にしますか。
tsugi wa nani ni shimasuka

王先生，唱一首如何？
王さん、1曲どうですか。
oo san, ikkyoku doo desuka.

啊！我不行的。我五音不全。
えっ、無理ですよ。僕は音痴ですから。
e, muri desuyo. boku wa onchi desukara.

我很不擅長唱歌。
私は歌が下手です。
watashi wa uta ga heta desu.

我不會唱卡拉OK。
カラオケが苦手です。
karaoke ga nigate desu.

王先生歌唱得真好。
王さんは歌がすごく上手ですね。
oo san wa uta ga sugoku joozu desune.

隔壁房間的人，唱得真好。
隣の部屋の人、上手ですね。
tonari no heya no hito, joozu desune.

還可以這樣讚美別人

すごいですね：真厲害
素敵ですね：好棒啊
さすがです：名不虛傳

● 小知識

カラオケ（卡拉 OK）

原來是指無人樂隊。早先是日本的一種歌唱活動。後來演變成音樂一邊
伴奏，電視螢幕上同時播放有節拍提示的歌詞，是一種受歡迎的大眾娛
樂活動。

Note 08

仕事を楽しんでください。

請好好享受工作吧！

最近在工作上會遇到麻煩。

A： 近々、職場でトラブルがあります。

chikajika, shokuba de toraburu ga arimasu.

啊！那怎麼辦呢？

B： ええっ、どうしたらいいですか。

ee, dooshitara iidesuka.

請好好享受工作吧！這樣的話，就會順利的。

A： 仕事を楽しんでください。
そうしたら、うまく行くでしょう。

shigoto o tanoshinde kudasai. sooshitara, umaku ikudeshoo.

日本生活小知識

台灣人把算命或是宗教看得比較重，不像日本人對算命的觀念就和宗教差不多，態度比較淡泊。如果想要預測自己的運勢的話，日本人除了到算命師那裡算命以外，也會到神社或是寺廟求籤。

實用單字

● ＿＿＿的＿＿＿如何？

時間 ＋の＋ 名詞 はどうですか。
　　　no　　　　　 wa doo desuka

今年／運勢
<ruby>今年<rt>こ と し</rt></ruby>／<ruby>運勢<rt>うんせい</rt></ruby>
kotoshi／unsee

明年／財運
<ruby>来年<rt>らいねん</rt></ruby>／<ruby>金銭運<rt>きんせんうん</rt></ruby>
rainen／kinsen un

這個月／工作運
<ruby>今月<rt>こんげつ</rt></ruby>／<ruby>仕事運<rt>し ご とうん</rt></ruby>
kongetsu／shigoto un

這星期／愛情運勢
<ruby>今週<rt>こんしゅう</rt></ruby>／<ruby>愛情運<rt>あいじょううん</rt></ruby>
konshuu／aijoo un

下星期／愛情運
<ruby>来週<rt>らいしゅう</rt></ruby>／<ruby>恋愛運<rt>れんあいうん</rt></ruby>
raishuu／ren'ai un

Sentence 例句

我出生於1972年9月18日
1972<ruby>年<rt>ねん</rt></ruby> 9 <ruby>月<rt>がつ</rt></ruby>18<ruby>日<rt>にち</rt></ruby><ruby>生<rt>う</rt></ruby>まれです。
sen kyuuhyaku nanajuu ni nen kugatu juuhachinichi umaredesu

我是雞年生的。
<ruby>私<rt>わたし</rt></ruby>は<ruby>酉年<rt>とりどし</rt></ruby>です。
watashi wa toridoshi desu

幾歲犯太歲？
<ruby>厄年<rt>やくどし</rt></ruby>は<ruby>何歳<rt>なんさい</rt></ruby>ですか。
yaku doshi wa nansai desuka

請幫我看看和男朋友合不合。
<ruby>恋人<rt>こいびと</rt></ruby>との<ruby>相性<rt>あいしょう</rt></ruby>を<ruby>見<rt>み</rt></ruby>てください。
koibito tono aishoo o mite kudasai

可能結婚嗎？
結婚できるでしょうか。
kekkon dekiru deshooka

什麼時候會遇到白馬王子（白雪公主）？
いつ相手が現れますか。
itsu aite ga arawaremasuka

來抽個籤吧！
おみくじを引いてみよう。
omikuji o hiite miyoo.

是凶。
凶だって。
kyoo datte.

哇！大吉喔！
わ！大吉だ。
wa! daikichida.

你命中註定的人就在你身邊。
運命の人はそばにいます。
unmee no hito wa soba ni imasu.

金錢運變好了。
金運が良くなります。
kin'un ga yokunarimasu.

有好運到。
運があがります。
un ga agarimasu.

會找到好點子。
いいアイディアが見つかります。
ii aidia ga mitsukarimasu.

觀光

心情好的一天。

気分のいい1日です。

kibun no ii ichinichi desu.

容易疲勞的一天。

疲れやすい1日です。

tsukareyasui ichinichi desu.

容易犯錯的一週。

ミスしやすい1週間です。

misu shiyasui isshuukan desu.

可以買護身符嗎？

お守りを買えますか。

omamori o kaemasuka

問題能解決嗎？

問題は解決しますか。

mondai wa kaiketsu shimasuka

日本神籤內容

一般日本的神社寺廟的神籤內容多半是大吉、中吉、小吉、吉、末吉、凶及大凶。

 ● 小知識

提供生活上的建議

搭乘電車，您是否注意到有些裝有廣告液晶螢幕的車廂，跑著當天星座運勢的資訊，告訴民眾各個星座的運勢、幸運色、幸運物呢？現在的星座運勢資訊，變成是提供民眾生活上的建議了，可説是功用非同凡響。

小心健康。
健康に気をつけましょう。
kenkoo ni ki o tsukemashoo.

不可以失去信心。
自信を失ってはいけません。
jishin o ushinattewa ikemasen.

買件自己喜歡的衣服吧！
好きな服を買いましょう。
sukina fuku o kaimashoo.

吃好吃的食物，轉換一下心請吧！
甘い物を食べて、気分転換しま
しょう。
amai mono o tabete, kibun tenkan
shimashoo.

今年會跟命中注定的人相遇吧！
今年は運命の出会いがあるで
しょう。
kotoshi wa unmee no deai ga arudeshoo.

兩人還算投緣喔！
相性は悪くないですよ。
aishoo wa waruku naidesuyo.

Note 09

キリンをお願いします。

給我麒麟啤酒。
* * * * * *

有啤酒嗎？

A： ビールはありますか。
biiru wa arimasuka.

有的，要什麼啤酒呢？

B： はい。どのビールにしますか。
hai. dono biiru ni shimasuka.

給我麒麟啤酒。還有，加水加冰塊的威士忌。

A： キリンをお願いします。あと、水割りもお
願いします。
kirin o onegaishimasu. ato, mizuwari mo onegaishimasu.

您要什麼配酒菜呢？

B： おつまみは何がいいですか。
otsumami wa nani ga iidesuka.

嗯！給我起司跟毛豆。

A： ええと、チーズと枝豆をお願いします。
eeto, chiizu to edamame o onegaishimasu.

日本生活小知識

日本人進餐廳，會先點個啤酒來喝，這時會説「とりあえず、ビールください
（先來杯啤酒）」。也因此，在日本光是啤酒，年營業額就高達 2 兆 6 億日圓
左右。如果再加上其他的酒類，如清酒、燒酒等，規模之龐大可想而知了。

生活單字

● 附近有＿＿＿嗎？
近くに＋ 場所 ＋はありますか。
ちか
chikaku ni　　　　　　　　wa arimasuka

酒吧	夜店	爵士酒吧	
バー	ナイトクラブ	ジャズクラブ	
baa	naito kurabu	jazu kurabu	

酒店	一杯小酒店	居酒屋	
クラブ	一杯飲み屋 いっぱいのや	居酒屋 いざかや	
kurabu	ippai nomi ya	izakaya	

日式傳統料理店	壽司店	路邊攤	啤酒屋
料亭 りょうてい	すし屋 や	屋台 やたい	ビヤホール
ryootee	sushi ya	yatai	biyahooru

● 給我＿＿＿。
名詞 をください。
o kudasai

		雞尾酒	啤酒
		カクテル	ビール
		kakuteru	biiru

紅葡萄酒	白葡萄酒	日本清酒	威士忌
赤ワイン あか	白ワイン しろ	日本酒 にほんしゅ	ウイスキー
aka wain	shiro wain	nihon shu	uisukii

白蘭地	香檳	薑汁汽水	下酒菜
ブランデー	シャンペン	ジンジャーエール	おつまみ
burandee	shanpen	jinjaaeeru	otsumami

女性要2000日圓。
女性は2,000円です。
josee wa nisen'en desu

星期五是女士日。
金曜日はレディースデーです。
kin'yoobi wa rediisudee desu.

推薦什麼樣的喝法呢？
どんな飲み方がお勧めですか。
donnna nomikata ga osusumedesuka.

音樂不錯呢。
音楽がいいですね。
ongaku ga ii desune

點菜可以點到幾點？
ラストオーダーは何時ですか。
rasutooodaa wa nanji desuka

喜歡聽爵士樂。
ジャズを聴くのが好きです。
jazu o kikuno ga suki desu

有演奏什麼曲子？
どんな曲をやっていますか。
donna kyoku o yatte imasuka

一起吃跟喝說法不一樣

一起開動吃東西時，跟同桌的人説「いただきます（開動）」；一起舉杯喝酒説「かんぱい（乾杯）」。

來吧！乾杯！
乾杯しましょう。
kanpai shimashoo

喝葡萄酒吧！
ワインを飲みましょうか。
wain o nomimashooka

要什麼下酒菜？
おつまみは何がいいですか。
otsumami wa nani ga ii desuka

東京有沒有賭場？
東京にカジノはありますか。
tookyoo ni kajino wa arimasuka.

穿什麼衣服好呢？
どんな服を着ていったらいいですか。
donnna fuku o kite ittara iidesuka.

俄羅斯輪盤在哪裡呢？
ルーレットはどこですか。
ruuretto wa doko desuka.

請教我怎麼玩。
ルールを教えてください。
ruuru o oshiete kudasai.

請教我這台機器怎麼玩。
このマシンの使い方を教えてください。
kono mashin no tsukaikata o oshiete kudasai.

我可以參加這一局嗎？
ゲームに参加してもいいですか。
geemu ni sanka shitemo iidesuka.

這局我不玩了。
ゲームをやめます。
geemu o yamemasu.

贏的部份我想換現金。
勝った分を現金に換えたいです。
katta bun o genkin ni kaetaidesu.

哪裡有免稅店呢？
免税店はどこですか。
menzeeten wa dokodesuka.

N o t e 10

何<ruby>何<rt>なに</rt></ruby>やってんだ、ピッチャー交代<ruby>交代<rt>こうたい</rt></ruby>しろ！

搞什麼！換投手啦！

啊！飛越全壘打牆了。

A：あ、入<ruby>入<rt>はい</rt></ruby>った！

a, haitta!

啊一！被打到了……。搞什麼！換投手啦！

B：あー、打<ruby>打<rt>う</rt></ruby>たれた……。何<ruby>何<rt>なに</rt></ruby>やってんだ、ピッチャー交代<ruby>交代<rt>こうたい</rt></ruby>しろ！

aa,utareta. nani yattenda, picchaa kootai shiro!

日本生活小知識

日本人一説到棒球，就熱血沸騰了。如果以排行榜而言，日本人最喜歡的運動
項目，應該是棒球第一，足球第二，籃球第三了。此外，棒球也是相撲之後的
日本體育第二大國技。

今天有巨人隊的比賽嗎？

今日は巨人の試合がありますか。
kyoo wa kyojin no shiai ga arimasuka

哪兩隊的比賽？

どこ対どこの試合ですか。
doko tai doko no shiai desuka

請給我兩張一壘附近的座位。

1 塁側の席を 2 枚ください。
ichirui gawa no seki o nimai kudasai

可以坐這裡嗎？

ここに座ってもいいですか。
koko ni suwattemo ii desuka

加油道具可以在哪裡買到呢？

応援グッズはどこで買えますか。
ooen guzzu wa doko de kaemasuka.

投得真好啊！

すばらしい投球ですね！
subarashii tookyuu desune!

打得好！

ナイスヒット！
naisu hitto!

加油啦！

頑張れ！
ganbare!

打得妙！

ナイスプレー！
naisu puree!

高中甲子園

高中棒球大賽。是野球
少年的夢想聖殿，每到
比賽，總讓日本列島為
之沸騰。

請簽名。

サインをください。

sain o kudasai

你知道那位選手嗎？

あの選手を知っていますか。

ano senshu o shitte imasuka

他很有人氣嘛！

彼は人気がありますね。

kare wa ninki ga arimasune

你喜歡哪一支隊伍？

どのチームが好きですか。

dono chiimu ga sukidesuka.

啊！全壘打！

あ、ホームランになりました。

a, hoomuran ni narimashita

喝杯啤酒吧！

ビールを飲みましょう。

biiru o nomimashoo

好用單字		
野球場 yakyuujoo	／棒球場
ナイター naitaa	／夜間棒球賽
ピッチャー picchaa	／投手
キャッチャー kyacchaa	／捕手
バッター battaa	／打者

好用單字		
盗塁 toorui	／盜壘
ホームラン hoomuran	／全壘打
三振 sanshin	／三振
監督 kantoku	／教練

273

Note 01

わあ、大きいお風呂。

哇！好大的浴池。

哇！好大的浴池。

A： わあ、大きいお風呂。
waa, ookii o furo.

還畫著富士山呢！

B： 富士山の絵が描いてあるね。
fujisan no e ga kaite arune.

日本生活小知識

日本人相信，泡澡不只純粹洗去身體的髒污，也是洗去俗世的污垢喔！日本的
「錢湯」（公共澡堂）來自 6 世紀。當時，傳入日本的佛教，認為要待奉神佛
的人，必須洗去髒污。後來才誕生了提供大眾泡澡的「錢湯」。

生活單字

● 淋浴跟泡澡，你喜歡哪種？

シャワーとおふろとどちらが好きですか。
shawaa to o furo to dochira ga suki desuka

温泉／滑雪
温泉（おんせん）／スキー
onsen／sukii

蘋果／香蕉
リンゴ／バナナ
ringo／banana

日式點心／西式點心
和菓子（わがし）／洋菓子（ようがし）
wagashi／yoogashi

電影／DVD
映画（えいが）／DVD
eega／DVD

路邊攤／居酒屋
屋台（やたい）／居酒屋（いざかや）
yatai／izakaya

大象／長頸鹿
象（ぞう）／キリン
zoo／kirin

● 比較喜歡泡澡。

おふろのほうが好きです。
o furo no hoo ga suki desu.

京都／安靜
京都（きょうと）／静（しず）か
kyooto／shizuka

飛機／快
飛行機（ひこうき）／速（はや）い
hikooki／hayai

秋天／喜歡
秋（あき）／好（す）き
aki／suki

去年／冷
昨年（さくねん）／寒（さむ）い
sakunen／samui

實用單字

● 去公共澡堂時，會帶毛巾。
銭湯へ行くとき、タオルを持っていきます。
sentoo e iku toki, taoru o motte ikimasu.

洗臉盆	肥皂	洗髮精	潤絲精
洗面器	せっけん	シャンプー	リンス
senmenki	sekken	shanpuu	rinsu

換洗衣物	海綿
着替え	スポンジ
kigae	suponji

Sentence 例句

家裡沒有浴室。
家に風呂がありません。
ie ni furo ga arimasen.

我家的浴室壞了。
うちのお風呂、壊れちゃって。
uchi no o furo, kowarechatte.

家裡只有淋浴。
家にシャワーしかありません。
ie ni shawaa shika arimasen.

每天去公共澡堂。
毎日銭湯へ行きます。
mainichi sentoo e ikimasu.

因為公共澡堂比我家的浴室還寬敞。

銭湯は、うちのお風呂より広いですから。
sentoo wa, uchi no o furo yori hiroidesukara.

你去過公共澡堂嗎？

銭湯へ行ったことがありますか。
sentoo e itta koto ga arimasuka.

不，沒有。

いいえ、ありません。
iie, arimasen.

很想去超級公共澡堂。

スーパー銭湯に行ってみたいです。
suupaa sentoo ni itte mitaidesu.

那裡也有投幣式洗衣店。

あそこにコインランドリーもありますよ。
asoko ni koin randorii mo arimasuyo.

澡堂好舒服喔

「宮造」式寺院風格的外觀

錢湯的外觀很有特色，特別是東京。那是屬於寺院風格的建築，叫「宮造形式」。

 ● 小知識

浴室裡的富士山畫

到東京的錢湯，一進浴室最常見到的就是「富士山」畫了。據說，那是在 1912 年，某一位錢湯的老闆，為了讓小孩開心，委託一位來自靜岡的畫家，請他作畫。說到靜岡，當然就想到富士山吧！這位畫家就畫了富士山。結果大受歡迎，並沿用到現在。

Note 02

あー、極楽、極楽。

啊！人間天堂、人間天堂！

也有柚子浴喔！

A：ゆず風呂もありますね。
yuzu buro mo arimasune.

啊！人間天堂、人間天堂！

B：あー、極楽、極楽。
aa, gokuraku, gokuraku.

日本生活小知識

到日本一定要去公共澡堂泡澡。日本的錢湯一進去就分男湯和女湯。由於是全裸的，所以進去澡堂之前要脫光光的，老闆坐在面向男女浴室的櫃臺。老闆可能是男性，如果不好意思，可以先用毛巾遮一下。但看到大家都坦誠相見，久了就習慣了。

生活單字

● 一起去<u>公共澡堂</u>如何？
いっしょに銭湯へ行きませんか。
issho ni sentoo e ikimasenka.

演唱會	釣魚	野餐	爬山
コンサート	釣り	ピクニック	登山
konsaato	tsuri	pikunikku	tozan

開車兜風	旅行
ドライブ	旅行
doraibu	ryokoo

● 日本人真喜歡<u>泡澡</u>呢。
日本人はお風呂が好きですね。
nihonjin wa o furo ga suki desune.

賞花	相撲
花見	相撲
hanami	sumoo

跳舞	廟會
踊り	お祭り
odori	omatsuri

三溫暖	泡泡澡
サウナ	泡風呂
sauna	awaburo

● 公共澡堂有<u>大浴場</u>。
銭湯には大浴場があります。
sentoo niwa daiyokujoo ga arimasu.

按摩機	超音波澡	坐浴	卡拉OK
マッサージ機	超音波風呂	座風呂	カラオケ
massaajiki	chooonpaburo	zaburo	karaoke

279

Sentence 例句

鞋子放進這裡。
靴(くつ)はここに入(い)れてください。
kutsu wa koko ni irete kudasai.

在櫃臺付洗澡費。
番台(ばんだい)で 入浴料(にゅうよくりょう)を 払(はら)います。
bandai de nyuuyokuryoo o haraimasu.

費用是390日圓。
料金(りょうきん)は390円(えん)です。
ryookin wa sanbyaku kyuujuu en desu.

三溫暖要再追加200日圓的費用。
サウナは追加料金(ついかりょうきん)200円(えん)がかかります。
sauna wa tsuikaryookin nihyaku en ga kakarimasu.

三溫暖不需要另外收費。
サウナも別料金(べつりょうきん)はかかりません。
sauna mo betsuryookin wa kakarimasen.

脫下的衣服放進寄物櫃。
脱(ぬ)いだ物(もの)をロッカーに入(い)れます。
nuida mono o rokkaa ni iremasu.

入浴前，先沖洗身體。
入(はい)る前(まえ)に、体(からだ)にお湯(ゆ)をかけます。
hairu mae ni, karada ni o yu o kakemasu.

真是又明亮又寬敞的公共澡堂。
明(あか)るくて広(ひろ)い銭湯(せんとう)ですね。
akarukute hiroi sentoo desune.

泡澡注意事項

請勿將毛巾泡在浴池
裡，不可以在浴池洗
頭！有些錢湯會禁止
有刺青的人士進入
喔！

好像洗溫泉。
温泉（おんせん）みたいです。
onsen mitai desu.

這裡的熱水是溫泉喔！
ここのお湯（ゆ）は温泉（おんせん）なんですよ。
koko no o yu wa onsen nandesuyo.

啊！好棒的湯喔！
あ、いいお湯（ゆ）ですね。
a, ii oyu desune.

真舒服！
気持（きも）ちいい！
kimochi ii!

有日式庭院的澡堂

有些錢湯，可以看到日式庭院。可以買罐飲料，邊補充水分，邊眺望庭院，很享受的！

● 小知識

泡澡步驟

把鞋子放在門口的鞋櫃→在櫃臺支付費用→在更衣室脫掉所有衣服，放入寄物櫃→進入浴室→沖洗身體→進入浴池→洗好以後，擦乾身上的水→到更衣室穿衣服。

Note 01

カットとシャンプーをお願いします。

我要剪髮跟洗頭。

今天怎麼整理呢？

A： 今日はどうなさいますか。

kyoo wa doo nasaimasuka.

我要剪髮跟洗頭。我要剪短。

B： カットとシャンプーをお願いします。
短くしてください。

katto to shanpuu o onegaishimasu. mijikaku shite kudasai.

日本生活小知識

日本髮廊有不少獨特的服務。譬如為了讓客人能放鬆身心，洗髮時為客人在臉上敷毛巾或按摩頭部及肩膀。燙髮及護髮的技術也很出色，燙髮兼改善髮質，就是想盡辦法讓客人「更美麗、更舒適」。

實用單字

● 我要燙髮。
パーマをお願いします。
paama o onegai shimasu.

洗頭	剪髮	整髮	染髮
シャンプー	カット	セット	髪染め
shanpuu	katto	setto	kamizome

染白頭髮	洗髮兼護髮
白髪染め	トリートメント
shiragazome	toriitomento

Sentence 例句

要等多久呢？
どのくらい待ちますか。
dono kurai machimasuka.

請在這裡等。
こちらでお待ちください。
kochira de omachi kudasai.

讓您久等了。下一位請。
お待たせしました。次の方どうぞ。
omataseshimashita. tsugi no kata doozo.

請您把東西放這裡吧！
お荷物をお預かりしましょうか。
o nimotsu o oazukari shimashooka.

東西請放進這裡。
お荷物はこちらへお入れください。
o nimotsu wa kochira e oire kudasai.

這邊請。
こちらへどうぞ。
kochira e doozo.

眼鏡請放在這裡。
眼鏡はこちらへどうぞ。
megane wa kochira e doozo.

費用裡有包括洗髮嗎？
シャンプーは料金に 入っていますか。
shanpuu wa ryookin ni haitte imasuka.

洗髮費用另算。
シャンプーは別料金です。
shanpuu wa betsuryookin desu.

洗髮就不用了。
シャンプーは結構です。
shanpuu wa kekkoo desu.

●小知識

上美容院洗洗剪剪怎麼說

シャンプーする：洗頭髮
カラーする：染頭髮
ブローする：吹頭髮
カットする：剪頭髮
セットする：做造型
パーマをかける：燙頭髮

Note 02

前髪(まえがみ)は少(すこ)し長(なが)すぎますね。

前面的頭髮太長了一些。

79

前面的頭髮太長了一些。前面的頭髮剪一點，後面剪齊就好，您覺得如何？

A： 前髪(まえがみ)は少(すこ)し長(なが)すぎますね。前髪(まえがみ)は少(すこ)し切(き)って、後(うし)ろは揃(そろ)えるだけでいかがでしょうか。

maegami wa sukoshi nagasugimasune. maegami wa sukoshi kitte,
ushiro wa soroeru dake de ikaga deshooka.

好的，你來幫我決定吧！

B： はい、おまかせします。

hai, omakaseshimasu.

日本生活小知識

在日本，一般而言女性去美容院，男性到理髮院。但是最近愛打扮的男性越來越多，光顧美容院的也不少了。當然美容院價錢一般比理髮院高了。

生活單字

● 我要剪像這張照片。
この写真（しゃしん）のようにしてください。
kono shashin no yoo ni shite kudasai.

這個人 この人（ひと） kono hito	這個演員 この俳優（はいゆう） kono haiyuu
她 彼女（かのじょ） kanojo	山下智久 山下智久（やましたともひさ） yamashita tomohisa

● 請剪短一點。
少（すこ）し短（みじか）くしてください。
sukoshi mijikaku shite kudasai.

輕 軽（かる）く karuku	大 大（おお）きく ookiku
小 小（ちい）さく chiisaku	快 はやく hayaku

● 請不要剪得太短。
あまり短（みじか）くしないでください。
amari mijikaku shinaide kudasai.

用洗髮精
シャンプーはし
shanpuu wa shi

燙太捲 パーマは強（つよ）くかけ paama wa tsuyoku kake	剃鬍子 ひげをそら hige o sora	用定型髮膠 スプレーは使（つか）わ supuree wa tsukawa

生活單字

● 只要燙<u>前面</u>。
<u>前</u>だけパーマしてください。
mae dake paama shite kudasai.

瀏海
<ruby>前髪<rt>まえがみ</rt></ruby>
maegami

後面
<ruby>後ろ<rt>うし</rt></ruby>
ushiro

右側
<ruby>右側<rt>みぎがわ</rt></ruby>
migigawa

左側
<ruby>左側<rt>ひだりがわ</rt></ruby>
hidarigawa

兩側
<ruby>両<rt>りょう</rt></ruby>わき
ryoowaki

這裡
ここ
koko

● 後面要剪嗎?
<ruby>後ろ<rt>うし</rt></ruby>は<ruby>切<rt>き</rt></ruby>りますか。
ushiro wa kirimasuka.

燙
パーマします
paama shimasu

剪短
<ruby>刈<rt>か</rt></ruby>り<ruby>上<rt>あ</rt></ruby>げます
kariagemasu

放下
<ruby>下<rt>お</rt></ruby>ろします
oroshimasu

往上吹
<ruby>上<rt>あ</rt></ruby>げます
agemasu

287

您要怎麼整理？
どうなさいますか。
doo nasaimasuka.

您今天要怎麼整理？
今日はどうなさいますか。
kyoo wa doo nasaimasuka.

幫我剪短兩公分左右。
２センチくらい切ってください。
ni senchi kurai kitte kudasai.

您髮量很多。
髪の毛が多いですね。
kami no ke ga ooidesune.

頭髮長得蠻長了。
髪がだいぶ長くなりましたね。
kami ga daibu nagaku narimashitane.

要剪像什麼樣子的？
カットはどんな感じにしますか。
katto wa donna kanji ni shimasuka.

請剪齊。
まっすぐに揃えてください。
massuguni soroete kudasai.

 ほうがいい

> ほうがいい（…比較好）是一種禮貌地提供建議的方式。

剪短一點比較好喔！
少し短くしたほうがいいですよ。
sukoshi mijikaku shita hoo ga ii desuyo.

瀏海不會太長了嗎？
前髪は少し長すぎませんか。
maegami wa sukoshi nagasugimasenka.

要削去髮梢嗎？
そぎますか。
sogimasuka.

耳朵要出來嗎？
耳は少し出しますか。
mimi wa sukoshi dashimasuka.

要在哪裡分邊？
分け目はどこですか。
wakeme wa doko desuka.

您覺得如何？
いかがですか。
ikaga desuka.

很好，謝了。
はい、結構です。どうも。
hai, kekkoo desu. doomo

いかがですか和どうですか

兩句話都是詢問對方意見。
但いかがですか比どうで
すか要來的尊敬、有禮貌，
一般使用的對象大多是對
長輩、上司、客人等。

　●小知識

「結構です」的意思

如果用英文來表現的話，可以分為四種：
1. No problem（沒問題）
2. Wonderful（太棒了）
3. No,thank you（不用了，謝謝！）
4. Quite（非常，很）。

Note 01

この浮世絵のはがきを10枚ください。

給我10張這種浮世繪明信片。

給我 10 張這種浮世繪明信片。

A: この浮世絵のはがきを 10 枚ください。
kono ukiyoe no hagaki o juumai kudasai.

好的。一共 720 日圓。

B: はい。720 円です。
hai. nanahyaku nijuu en desu.

啊！抱歉，再給我五張。

A: あ、すみません、もう 5 枚ください。
a, sumimasen, moo gomai kudasai.

日本生活小知識

日本人會在 12 月寫賀年片，以感謝一年中受到關照的上司、同事、老師、同學、朋友。另外，還習慣在盛夏問安（暑中見舞い）、處暑問安（残暑見舞い）寫明信片，互相問候。

生活單字

● 我要郵票。
<ruby>切手<rt>きって</rt></ruby>をください。
kitte o kudasai.

明信片
はがき
hagaki

賀年卡
<ruby>年賀状<rt>ねん が じょう</rt></ruby>
nengajoo

聖誕卡
クリスマスカード
kurisumasu kaado

信封
<ruby>封筒<rt>ふう とう</rt></ruby>
fuutoo

● 我要寄航空。
<ruby>航空便<rt>こうくうびん</rt></ruby>で<ruby>お願<rt>ねが</rt></ruby>いします。
kookuubin de onegai shimasu.

船運
<ruby>船便<rt>ふな びん</rt></ruby>
funabin

掛號信
<ruby>書留<rt>か きとめ</rt></ruby>
kakitome

限時專送
<ruby>速達<rt>そくたつ</rt></ruby>
sokutatsu

現金掛號信
<ruby>現金書留<rt>げんきんか きとめ</rt></ruby>
genkin kakitome

SAL
サル
saru

包裹
<ruby>小包<rt>こ づつみ</rt></ruby>
kozutsumi

實用單字

● 到台灣航空要多少錢？
台湾まで航空便でいくらですか。
taiwan made kookuubin de ikura desuka.

紐約／船運 ニューヨーク／船便 nyuuyooku / funabin	大阪／限時專送 大阪／速達 oosaka / sokutatsu
巴黎／掛號信 パリ／書留 pari / kakitome	波士頓／現金掛號信 ボストン／現金書留 bosuton / genkin kakitome

Sentence 例句

麻煩80日圓郵票3張。
80円切手３枚お願いします。
hachijuuen kitte san mai onegai shimasu.

沒有130日圓郵票。
130円の切手はありません。
hyakusanjuuen no kitte wa arimasen.

這個我想寄到台灣。
これを台湾に送りたいんですが……。
kore o taiwan ni okuritaindesuga.

限時專送要花幾天送到？
速達だと何日ぐらいで届きますか。
sokutatsu dato nannichi gurai de todokimasuka.

船運要花幾天呢？
船便はどのくらいかかりますか。
funabin wa dono kurai kakarimasuka.

大約一個月。
1か月ぐらいです。
ikkagetsu gurai desu.

推薦寄EMS。
お勧めなのは、ＥＭＳです。
osusumenano wa, iiemuesu desu.

限時專送星期天也有投遞嗎？
速達は日曜日も配達しますか。
sokutatsu wa nichiyoobi mo haitatsu shimasuka.

普通的航空信就好。
普通の航空便でいいです。
futsuu no kookuubin de iidesu.

您要寄限時掛號是吧！
書留速達ですね。
kakitome sokutatsu desune.

我量一下。
ちょっと量ります。
chotto hakarimasu.

● 小知識

日本浮世繪

日本江戶時代形成的繪畫，著重描繪人們日常生活與風景；「浮世」一詞本來就指「現代風」的意思，對同時期法國印象派畫家影響很大。日本有不少印有浮世繪的周邊商品，如套票、掛飾、精品及禮盒封面等應有盡有。

請填上郵遞區號。
郵便番号を書いてください。
yuubin bangoo o kaite kudasai.

這封信請放進外面的郵筒。
この手紙は外のポストに入れてください。
kono tegami wa soto no posuto ni irete kudasai.

全部480日圓。
全部で480円です。
zenbu de yonhyakuhachijuuen desu.

找您150日圓。
150円のおつりです。
hyakuhachijuuen no otsuri desu.

運費怎麼查的？
料金はどうやって調べましたか。
ryookin wa doo yatte shirabemashitaka.

用網路查的。
ネットで調べました。
netto de shirabemashita.

在網路上可以查詢包裹的郵寄情況

在網路上知道這些用語，就好辦事啦！「お問い合わせ番」（包裹號碼）、「追跡スタート」（追蹤開始）。

Note 02

これを速達でお願いします。

這個我要寄快捷。

81

這個我要寄快捷。

A：これを速達でお願いします。
kore o sokutatsu de onegaishimasu.

這是書嗎？

B：これは本ですか。
kore wa hon desuka.

裡面也有信。

A：手紙もいっしょに入っています。
tegami mo issho ni haitte imasu.

日本生活小知識

日本郵局受理業務有：販售郵票、郵寄、儲匯款、繳納水電瓦斯費。另外，掛有「〒」標牌的商店，也有出售郵票、明信片。

生活單字

● 裡面是書。
なかみ　　ほん
中身は本です。
nakami wa hon desu.

罐頭	水果	CD	藥品
かんづめ	くだもの		くすり
缶詰	**果物**	**CD**	**薬**
kanzume	kudamono	shiidii	kusuri

衣服	蔬菜
ふく	や　さい
服	**野菜**
fuku	yasai

● 這裡請寫上物品的名稱。
しなもの　　な まえ　か
**ここに品物の名前を書いて
ください。**
koko ni shinamono no namae o kaite kudasai.

大致的金額
きんがく
だいたいの金額
daitai no kingaku

收件人的姓名	收件人的電話	寄信人的名字
うけとりにん　　しめい	うけとりにん　　れんらくさき	さしだしにん　　しめい
受取人の氏名	**受取人の連絡先**	**差出人の氏名**
uketorinin no shimee	uketorinin no renrakusaki	sashidashinin no shimee

● 我要付電費。
でん き りょうきん　　し はら
**電気料金を支払いたいので
すが。**
denki ryookin o shiharaitai no desuga.

電話費
でん わ りょうきん
電話料金
denwa ryookin

水費	瓦斯	照明費跟暖氣費
すいどうりょうきん	りょうきん	こうねつ ひ
水道料金	**ガス料金**	**光熱費**
suidoo ryookin	gasu ryookin	koonetsuhi

Sentence 例句

裡面是什麼？
中身（なかみ）は何（なん）ですか。
nakami wa nan desuka.

請填寫這是什麼物品，還有大致的金額。
ここに品物（しなもの）の名前（なまえ）とだいたいの金額（きんがく）を書（か）いてください。
koko ni shinamono no namae to daitai no kingaku o kaite kudasai.

這裡全部都要填寫。
こちらを全部（ぜんぶ）記入（きにゅう）してください。
kochira o zenbu kinyuu shite kudasai.

EMS要裝入這個專用的信封。
ＥＭＳ（イーエムエス）は、専用（せんよう）の封筒（ふうとう）に入（い）れてください。
iiemuesu wa, sen'yoo no fuutoo ni irete kudasai.

挺重的嘛！
重（おも）いですね。
omoi desune.

有重量跟尺寸的限制。
重（おも）さとサイズの制限（せいげん）があります。
omosa to saizu no seegen ga arimasu.

● 小知識

日本運費

日本運費主要分為：四種系統（日本郵便、クロネコヤマト、佐川急便、
はこ BOON）。前三種費用較高，跟我們的宅配一樣，以尺寸計價。は
こ BOON 費用較低，類似我們的郵局，用重量計價，但因為只能在全家
超商出貨，而全家據點不多，所以較少人使用。

請分成兩個包裹。
二つに分けてください。
futatsu ni wakete kudasai.

小包重量最多到10公斤。
小包は10キロまでです。
kozutsumi wa jukkiro made desu.

裡面有沒有信？
手紙は入っていませんか。
tegami wa haitte imasenka.

有膠帶嗎？
ガムテープありますか。
gamuteepu arimasuka.

找您150日圓。
150円のおつりです。
hyaku gojuu en no otsuri desu.

這是收據。
こちらは控えです。
kochira wa hikae desu.

這是收據。
こちらは領収書です。
kochira wa ryooshuusho desu.

國內寄信費用

在日本寄信的話，一般信件一封是 82 日圓，明信片一張是 52 日圓。

Note 01

『花火』という本はありますか。

有沒有「煙火」這本書？

請問，有沒有「煙火」這本書？

A：すみません。『花火』という本はありますか。
sumimasen. "hanabi" to iu hon wa arimasuka.

請等一下。現在被人借走了。

B：少々お待ちください。今、他の人が借りています。
shooshoo omachi kudasai. ima, hoka no hito ga karite imasu.

那，如果書還回來了，再通知我一下。

A：では、戻ってきましたら、知らせてください。
dewa, modotte kimashitara, shirasete kudasai.

日本生活小知識

日本圖書館琳瑯滿目，近幾年來，具特色、質感的圖書館更是成為旅客必訪的朝聖地之一。例如「東京北區中央圖書館」紅磚打造的外牆，古色古香；「秋田國際大學圖書館」木製的半圓環設計，溫暖又壯觀；「石川金澤海洋未來圖書館」搶眼的純白色，設計很具現代感。

生活單字

● 有叫伊麗莎白的書嗎？
エンドラハンサという本、ありますか。
endorahansa toiu hon, arimasuka.

還是！分開好的男人
ヤッパリ！わかれたほうがいい男
yappari! wakareta hoo ga ii otoko

用英語傳揚日本
英語で伝える日本
eego de tsutaeru nihon

5分鐘就會
5分でできた
gofun de dekita

日本的賀年卡
日本の年賀状
nihon no nengajoo

● 叫什麼書呢？
なんという本ですか。
nanto iu hon desuka.

雜誌
雑誌
zasshi

辭典
辞書
jisho

節目
番組
bangumi

音樂
音楽
ongaku

鳥
鳥
tori

料理
料理
ryoori

實用單字

● 叫「向日葵」。
「ひまわり」といいます。
"himawari" to iimasu.

生活情報
せいかつじょうほう
生活情報
seekatsujoohoo

智慧藏
ち え ぞう
知恵蔵
chiezoo

料理東西軍
りょう り
どっちの料理ショー
docchi no ryoori shoo

黃鶯
ウグイス
uguisu

Sentence 例句

我想要做圖書借閱卡。
か だ つく
貸し出しカードを作りたいんですが。
kashidashi kaado o tsukuritain desuga.

好的。請給我您的身份證。
み ぶんしょうめいしょ み
はい。身分証明書を見せてください。
hai. mibunshoomeesho o misete kudasai.

請這裡填寫您的姓名等。
な まえ か
ここに名前などを書いてください。
koko ni namae nado o kaite kudasai.

好的，這是圖書借閱卡。
か だ
はい。これが貸し出しカードです。
hai. kore ga kashidashi kaado desu.

PERMANENT RESIDENT CARD

想借閱的圖書請在那個電腦查詢。

借りたい本はそちらのコンピューターで探してください。

karitai hon wa sochira no konpyuutaa de sagashite kudasai.

你知道怎麼使用嗎？

使い方は分かりますか。

tsukaikata wa wakarimasuka.

各種服務

除了圖書，還可以借到唱片、錄影帶、錄音帶。有些圖書館還有中文報紙、雜誌。

也可以借CD跟錄影帶。

CDやビデオを借りることもできます。

shiidii ya bideo o kariru koto mo dekimasu.

一個人最多可以借幾本呢？

一人何冊まで借りることができますか。

hitori nansatsu made kariru koto ga dekimasuka.

一個人最多可以借四本。

一人4冊までです。

hitori yonsatsu made desu.

那本書被別人借走了。

その本は、今ほかの人が借りています。

sono hon wa, ima hoka no hito ga karite imasu.

還回來了，請通知我。

戻ってきたら、知らせてください。

modotte kitara, shirasete kudasai.

我想預約出借中的書。
貸し出し中の本の予約がしたいんですが。
kashidashi chuu no hon no yoyaku ga shitaindesuga.

這個館沒有，本館裡有。
当館にはありませんが、本館にあります。
tookan niwa arimasenga, honkan ni arimasu.

這本書請在圖書館裡看。
この本は図書館の中で読んでください。
kono hon wa toshokan no naka de yonde kudasai.

注重地方特色的公共圖書館

日本的公共圖書館很注重地方特色文獻的收藏工作。

 ● 小知識

該區居民任何誰都可以利用

日本圖書館有國立、都立、縣立、區立、市立等。一般圖書館都設在居民區附近，只要是在該區居住、工作或上課，任何誰都可以利用，而且積極開展館際之間的合作。一般圖書館都是開架式的。

Note 01

ごめんください。

有人在家嗎？

有人在家嗎？

A：ごめんください。
gomenkudasai.

歡迎光臨。請進。

B：いらっしゃいませ。どうぞ、お上がりください。
irasshaimase. doozo, oagari kudasai.

日本生活小知識

> 到日本人家作客，可不要擇日不如撞日喔！一定要事先約好時間。去的時候，最好帶像點心類的禮物。日本人沒有用自己的筷子夾菜給客人的習慣。除了火鍋，大部分都是一人一份的。如果看到客人把菜都吃光，他們會很高興的！

生活單字

● 好棒的房子喔！
立派なお家ですね。
rippa na o uchi desune.

漂亮	好別緻	大	特別
きれいな	すてきな	大きい	ユニークな
kiree na	suteki na	ookii	yuniiku na

● 請這裡走。
こちらへどうぞ。
kochira e doozo

		那裡	用茶
		そちらへ	お茶を
		sochira e	ocha o

用這個		先用	
これを		お先に	
kore o		osaki ni	

用日式點心		用煎餅	
和菓子を		お煎餅を	
wagashi o		osenbee o	

● 請嘗嘗這日式點心。
この和菓子を食べてみてください。
kono wagashi o tabete mite kudasai.

羊羹	橘子		
羊羹	みかん		
yookan	mikan		

柿子	栗子	蛋糕	饅頭
柿	栗	ケーキ	まんじゅう
kaki	kuri	keeki	manjuu

Sentence 例句

下週日，要不要來家裡玩？
来週の日曜日、家へ遊びに来ませんか。
raishuu no nichiyoobi, uchi e asobi ni kimasenka.

有人在家嗎？
ごめんください。
gomen kudasai.

歡迎光臨。
いらっしゃいませ。
irasshaimase.

請進。
どうぞ、お上がりください。
doozo, oagari kudasai.

那麼，就不客氣了。
では、失礼します。
dewa, shitsuree shimasu.

外套請放這裡。

コートはこちらへどうぞ。
kooto wa kochira e doozo.

不好意思，可以借一下廁所嗎？

あのう、お手洗いをお借りで
きますか。
anoo, o tearai o okari dekimasuka.

沒問題的，請便。

ええ、どうぞ。
ee, doozo.

好棒的房子呢！

いいお家ですね。
ii o uchi desune.

那裡，都已經老舊了。

いいえ、もう古いんですよ。
iie, moo furuin desuyo.

不好意思，不成敬意的小禮物。

あのう、これつまらないものですが。

anoo, kore tsumaranai mono desuga.

這是大阪買的點心。

これは大阪で買ったお菓子です。

kore wa oosaka de katta o kashi desu.

唉呀！這麼客氣，謝謝您。

あ、ごていねいに、ありがとうございます。

a, goteeneeni, arigatoo gozaimasu.

來，請坐。

どうぞ、おかけください。

doozo, okake kudasai.

今天煮了你愛吃的壽喜燒唷！

今日はお好きなすき焼きを作りましたよ。

kyoo wa osukina sukiyaki o tsukurimashitayo.

別客氣，請盡量吃。

遠慮しないで、たくさん食べてくださいね。

enryoo shinaide, takusan tabete kudasaine.

307

好好吃的樣子，我開動了。

おいしそうですね。いただきます。
oishisoo desune. itadakimasu.

要不要再來點飯？

ご飯、もう少しいかがですか。
gohan, moo sukoshi ikaga desuka.

咖啡要再來一杯嗎？

コーヒー、おかわりしますか。
koohii, okawari shimasuka.

啊！不了，謝謝您。

あ、もうけっこうです。ありがとうございます。
a, moo kekkoo desu. arigatoo gozaimasu.

謝謝招待。

ごちそうさまでした。
gochisoosamadeshita.

已經十點了。我該失陪了。

もう10時ですね。そろそろ
失礼します。
moo juuji desune. sorosoro shitsuree shimasu.

啊！是嗎？再待一會兒嘛？

あ、そうですか。まだよろし
いじゃありませんか。
a, soo desuka. mada yoroshii ja arimasenka.

那麼，再一會兒吧！

じゃ、もう少しだけ。
ja, moo sukoshi dake.

謝謝您，可是已經很晚了。
ありがとう、でももう遅いです。
arigatoo, demo moo osoi desu.

今天非常感謝您的款待。
今日はどうもごちそうさまでした。
kyoo wa doomo gochisoo sama deshita.

今天真是快樂。
今日は楽しかったです。
kyoo wa tanoshikattadesu.

請再來玩喔。
また来てくださいね。
mata kite kudasaine.

哪裡，要常來玩喔！
いいえ。またいつでも遊びに来てくださいね。
iie. mata itsu demo asobi ni kite kudasaine.

那麼，告辭了。
では、失礼します。
dewa, shitsuree shimasu.

Note 01

日本のアニメが好きです。

我喜歡日本動漫。

我喜歡日本卡通。

A：日本のアニメが好きです。
nihon no anime ga sukidesu.

這樣啊！喜歡什麼卡通呢？

B：本当ですか。どのアニメが好きですか。
hontoo desuka. dono anime ga sukidesuka.

我喜歡田螺小姐。不管遇到什麼事，都能感受到家人的溫暖。

A：サザエさんが好きです。
何があっても温かい家族ですから。
sazae san ga sukidesu. nani ga attemo atatakai kazoku desukara.

日本生活小知識

日本動漫風靡全世界。日本人「光用筆和紙就能感動全世界」，就連紅酒這麼靜態的主題都可以畫得扣人心弦。這都要歸功於，動漫世界中，具豐富想像力及不可思議的世界，再搭配幽默的角色互動，具啟發意義的故事內容囉！

生活單字

● 我喜歡日本的 ⎵⎵⎵ 。
日本の＋ 名詞 ＋が好きです。
nihon no　　　　　　 ga suki desu

慶典	庭園	漫畫	文化
お祭り	庭園	漫画	文化
omatsuri	teeen	manga	bunka

習慣	連續劇	和服	
習慣	ドラマ	着物	
shuukan	dorama	kimono	

茶道	花道	歌
茶道	華道	歌
sadoo	kadoo	uta

● 對日本的＿＿＿＿有興趣。
日本の＋ 名詞 ＋に興味があります。
nihon no　　　　　　ni kyoomi ga arimasu

		文化	經濟
		文化	経済
		bunka	keezai

藝術	歷史	運動	繪畫
芸術	歴史	スポーツ	絵画
geejutsu	rekishi	supootsu	kaiga

瓷器	自然	植物	演劇、戲劇
陶器	自然	植物	演劇
tooki	shizen	shokubutsu	engeki

Note 01

おもしろそうですね、一緒に踊りましょう。

很好玩的樣子。我們一起去跳吧！

那是盂蘭盆會舞吧！

A： あれは盆踊りですね。
are wa bon'odori desune.

很好玩的樣子。我們一起去跳吧！

B： おもしろそうですね、一緒に踊りましょう。
omoshirosoodesune, issho ni odorimashoo.

好啊！走！走！

A： うん、行こう、行こう！
un, ikoo, ikoo!

日本生活小知識

「盂蘭盆節」（お盆）是日本傳統的節日。原本是追祭祖先、祈禱冥福的節日，現在已經是家庭團圓、合村歡樂的節日了。每年七八月各地都有「お盆」祭典，甚至在住宅區的小公園裡，一群街坊鄰居就跳起「盆踊り」（盆舞）了！

生活單字

● 在＿＿＿＿＿有慶典。

場所 ＋で＋ 慶典 ＋があります。
　　 de　　　　　　 ga arimasu

德島／阿波舞
とくしま あ わ おど
徳島／阿波踊り
tokushima／awa odori

東京／神田祭
とうきょう かん だ まつり
東京／神田祭
tookyoo／kanda matsuri

札幌／雪祭
さっぽろ ゆきまつり
札幌／雪祭
sapporo／yuki matsuri

青森／驅魔祭
あおもり まつり
青森／ねぶた祭
aomori／nebuta matsuri

京都／祇園祭
きょう と ぎ おんまつり
京都／祇園祭
kyooto／gion matsuri

秋田／燈籠祭
あき た かんとうまつり
秋田／竿燈祭
akita／kantoo matsuri

博多／天神祭
はか た
博多／どんたく
hakata／dontaku

仙台／七夕祭
せんだい たなばたまつり
仙台／七夕祭
sendai／tanabata matsuri

大阪／天神祭
おおさか まつり
大阪／だんじり祭
oosaka／danjiri matsuri

兵庫／打架祭
ひょう ご まつり
兵庫／けんか祭
hyoogo／kenka matsuri

是什麼樣的慶典？
どんな祭りですか。
donna matsuri desuka

什麼時候舉行？
いつありますか。
itsu arimasuka

怎麼去？
どうやって行きますか。
doo yatte ikimasuka

哪個祭典有趣？
どの祭りが面白いですか。
dono matsuri ga omoshiroi desuka

有什麼節目？
何が見られますか。
nani ga miraremasuka

任何人都能參加嗎？
誰でも参加できますか。
dare demo sanka dekimasuka

漂亮嗎？
きれいですか。
kiree desuka

想去看看。
見に行きたいです。
mi ni iki tai desu

想去。
行ってみたいです。
itte mi tai desu

僅次於元旦的盛大節日

據說盂蘭盆節是在飛鳥時代從中國傳入日本的，而現已成為日本著名的觀光活動了。

盃蘭盆會舞吧！
あれは盆踊りですね。
are wa bon'odori desune.

為了感謝大自然而舉辦慶典。
自然に感謝するためにお祭りをします。
shizen ni kansha suru tame ni omatsuri o shimasu.

神社是拜祭神明的地方。
神社は神様をまつるところです。
jinja wa kamisama o matsuru tokoro desu.

寺廟是拜祭佛祖的地方。
寺は仏様をまつるところです。
tera wa hotokesama o matsuru tokoro desu.

慶典時有很多穿夏季和服的人。
お祭りでは浴衣を着る人がた
くさんいます。
omatsuri dewa yukata o kiru hito ga
takusan imasu.

> **礦工愛唱的小調「炭坑調」**
> 炭坑調：「月亮出來了、出
> 來了、月亮出來了，呦伊呦
> 伊」。是盆舞中最耳熟能詳
> 的小調。

 ● 小知識

男女老少都能跳的舞蹈

「盂蘭盆會」一般在廣場舉行，廣場中間搭一個高台，讓樂隊在台上演奏或讓舞技好的人在上面跳舞，參加跳舞的人穿浴衣，繞著高台圍成一個圈，然後邊走邊跳。「盆舞」舞步簡單、節奏緩慢，只要模仿旁邊的人跳舞，一首歌還沒結束，就能全部記住了。

慶典時，在自己喜歡的店家買吃的東西。
祭りでは、好きなお店で食べ物を買います。
matsuri dewa, sukina o mise de tabemono o kaimasu.

邊走邊品嚐二流美食。

歩きながらＢ級グルメを楽しみます。

arukinagara biikyuu gurume o tanoshimimasu.

神轎是抬神明的轎子。

みこしは神様の乗り物です。

mikoshi wa kamisama no norimono desu.

抬神轎時要邊喊「哇咻一、哇咻一」。

みこしをかつぐときは「わっしょい、わっしょい」と言います。

mikoshi o katsugu toki wa "wasshoi, wasshoi" to iimasu.

一起去吧！

一緒に行きましょう。

issho ni ikimashoo

明年一起去吧！

来年は行きましょうね。

rainen wa ikimashoone

國民小吃日式炒麵

日本各種祭典出現最頻繁的國民小吃，非日式炒麵莫屬了。日式炒麵對日本人而言，相當於鹹酥雞之於台灣人喔。

● 小知識

日本人自在的時光

在舉行舉祭典時，晚上會出現類似台灣夜市的小吃攤販，販售汽水、棉花糖、炒麵、啤酒等等夏季食物。由於是歡樂的慶典，不僅可以邊走邊吃東西，開心的高聲唱歌也沒關係，這應該是嚴謹的日本人，少數可以自由自在的時光了吧。

Note 03

日本の街はきれいですね。
にほん　まち

日本街道真是漂亮。

日本街道真是漂亮。

A： 日本の街はきれいですね。
にほん　まち

nihon no machi wa kireedesune.

空氣也很好呢！

B： 空気もきれいですね。
くうき

kuuki mo kireedesune.

日本生活小知識

日本東京的街道，不管來幾次都讓人感覺好乾淨、好舒服。到日本關西也給人寧靜的印象。吸著清新的空氣，整個人心曠神怡到可以飛起來了。

sentence 例句

日本的食物很好吃。
日本の食べ物はおいしいです。
nihon no tabemono wa oishiidesu.

東京的物價很高。
東京は物価が高いです。
tookyoo wa bukka ga takaidesu.

市容很乾淨。
町がきれいですね。
machi ga kiree desune

空氣很好。
空気がいいですね。
kuuki ga ii desune

庭院的花很可愛。
庭の花がかわいいですね。
niwa no hana ga kawaii desune

人很親切。
人が親切ですね。
hito ga shinsetsu desune

> **老建築別具風味！**
>
> 日本老建築，看起來特別有味道，簡約的色彩，穩重的配色。

年輕人很時髦。
若者がおしゃれですね。
wakamono ga oshare desune

街道好乾淨喔！
道が清潔ですね。
michi ga seeketsu desune

老年人好親切喔！
老人が優しいですね。
roojin ga yasashii desune

大家都好認真喔！
みんな真面目ですね。
minna majime desune

女性身材都好棒喔！
女性はスタイルがいいですね。
josee wa sutairu ga ii desune

穿著真有品味！
ファッションがすてきですね。
fasshon ga suteki desune

男人看起來蠻溫柔喔！
男性が優しそうですね。
dansee ga yasashisoo desune

小孩們很有精神喔！
こどもたちは元気ですね。
kodomotachi wa genki desune

街道好熱鬧喔！
街が賑やかですね。
machi ga nigiyaka desune

好用單字		
山 yama	／山	
海 umi	／海	
川 kawa	／河川	
湖 mizuumi	／湖	
滝 taki	／瀑布	

好用單字		
田園 den'en	／田園	
草原 soogen	／草原	
港 minato	／港口	
神社 jinja	／神社	
城 shiro	／城	

遊學、留學生活日語
去日本跟日本人學日語

【 Go日語 5 】

- 發行人／林德勝

- 著者／吉松由美、大山和佳子

- 設計・創意主編／吳欣樺

- 出版發行／山田社文化事業有限公司
  臺北市大安區安和路一段112巷17號7樓
  電話　02-2755-7622
  傳真　02-2700-1887

- 郵政劃撥／19867160號　大原文化事業有限公司

- 總經銷／聯合發行股份有限公司
  新北市新店區寶橋路235巷6弄6號2樓
  電話　02-2917-8022
  傳真　02-2915-6275

- 印刷／上鎰數位科技印刷有限公司

- 法律顧問／林長振法律事務所　林長振律師

- 書＋MP3／定價　新台幣310元

- 初版／2015年8月

© ISBN : 978-986-246-424-3
2015, Shan Tian She Culture Co. , Ltd.